魔の水

河村朋子
Kawamura Tomoko

魔の水

生ぬるい水の中に裸で横たわって、ゆらゆら揺れているような感覚が心地よい。頭の中もふわふわしてとてもいい気分だった。この快感はいったいなんだろう。ずっとこうしていたいと思った。しばらくして、ボソボソと男の声が聞こえてきた。意識が次第にはっきりしてくるにつれ、どうしようもない強烈な咽喉の渇きが彼を襲った。

「それでは先生、兄をよろしくお願いします」

『先生？　兄をよろしく？』

——なにを言っているんだ。

まだ意識が朦朧《もうろう》としている彼は、ドアが閉まる音にうっすらと目を開いた。どうやらベッドに寝かされているようだ。ぼんやり周囲を見渡すと、白い部屋に整理されたデスク。その脇にはワゴンに並べられた多くのカルテ。そこに控えているのは、見るからに屈強な二人の看護師。デスクの前のイスに腰掛けているのは白衣を着、黒ぶちのメガネをかけた華奢な体躯の医師らしい人物。

「ご気分はどうですか」

「咽喉が渇いた。ビール飲みたい。お金渡すから買ってきてくれませんか」

なおもぼんやりした頭でズボンのポケットに手をつっこんだとたん、血の気がひいた。財布がない。

「その分だとなにも覚えていらっしゃらないようですね。ま、あれほど酔い潰れていらしたから無理もありませんが」

「酔い潰れていたって?」

おうむ返しに訊ねるものの意味がよく分からず、それよりどうすれば今ビールが手に入るか、もやのかかった頭はフル回転していた。

そんな彼にかまわず、

「あらためて紹介させていただきます。わたしがあなたの担当医となる唐沢です。右の看護師が村井、左の看護師が相沢といいます。今日から入院してもらうことになりました」

入院、のひと言に、横面を叩かれた気がして、彼は頭の霧がサッと晴れたように正気づいた。

「入院ってどういうことですか。俺悪いところなんてないです。帰らせてもらいます」

――入院なんかしたら、好きなときにビールが飲めねぇじゃないか。

心の中で毒づく彼の言葉が、まるで聞こえたかのように、唐沢医師は、

「残念ですがあきらめてもらいましょう。ここはアルコールを断つための施設です。入院期間はまず三ヶ月」

頭をぶん殴られたような衝撃を受けた。

「じょ、冗談だろ」

ベッドから飛び降りようとしたが、足がもつれてみっともなく床に倒れてしまった。それでもベッドにつかまってよじ上った。

三ヶ月の入院。そう聞いただけで飲酒欲求が強烈に湧き上がって胸の鼓動が高鳴り頭にカァッと血が上ってきた。

「俺、帰るから。ビールが飲めないなんて死んだ方がましだ。それに三ヶ月って、俺の四十の誕生日が過ぎちまう」

「あなたは酔っていて覚えてないかもしれませんが、同意書もあなたご自身が署名したのですよ」

「そんなもの俺は認めねぇ。どこだ、同意書って。そんなもの破ってやる。あ、これかッ」

デスクの書類を破こうとする手を、ドアに控えていた看護師が掴んだ。そしてねじあげる。

「痛ててっ。離せッ」

抵抗したが看護師はまったく動じない。

「どうやら、弟さんがおっしゃっていたように、気性が激しそうですね。とりあえず保護室に入ってもらいましょうか」

唐沢医師の合図に二人の看護師は慣れたしぐさで男を押さえつけた。もがいて抵抗したが、びくともしない。唐沢医師に精一杯の悪態をついた。が、それもむなしく部屋から引きずり出された。長い廊下だった。しばらくして施錠されたドアが開き、その中に並んでいる保護室という個室の一室に乱暴に放り込まれた。鍵をかける金属音がし、足音が遠ざかっていく。

必死でドアを叩きながら、

「出してくれよぉ。頼むから、入院なんて嫌だ。ビールが飲みたいんだよぉ。ビールなしでは生きられない。なぁ飲ませてくれよぉ。それにこんなところで四十を迎えたくないッ。頼むから。頼むからぁ」

ドアを殴り蹴りしながら、ありったけの声をふりしぼってわめき、最後には悲鳴に近い声となった。

が、返事はない。

彼は泣き崩れ、これからの生活に果てしない絶望感を覚えた。

トンネルを抜けると、眩しい伊勢湾の陽光が道路を疾走するディアマンテに降り注いだ。

「おい、なんで昼飯食いに行くだけのにスーツとネクタイなんだよ。しかも家から三時間もかけて」

助手席で腕組みをし、ご機嫌ななめの茂野薫は、ハンドルを握る双子の弟、梓を横目で睨みつけた。この兄弟、双子とはいえ、二卵性なのでまったく似ていない。薫は精悍で体育会系、梓は文学青年っぽいっていうところだろうか。ちなみに薫は警察官、梓は医者である。

梓は穏やかに微笑むと、

「死んだ父さんと母さんが成人式のお祝いに作ってくれたオーダーメードの三つ揃えのスーツだぜ。それが二十年たった今、日の目を見られたなんてありがたいことじゃないか」

「俺はなぁ、そんなこと聞いてねぇよ」

ムスッとする薫は、タバコを吸おうとポケットに手を入れた。が、ない。

「てめぇ、家を出るときにタバコ抜き取りやがったな」

「副医院長、いや、橘君に恥をかかせるわけにはいかないからね。なんてったって、ただのレストランのランチじゃないんだ。伊勢志摩が誇るホテルマーメードのランチだぜ。ひとり分だけでも二万はするという噂だ。あ、そうそう、あいつの家族も一緒だから、失礼のないようにしてくれよ」

「おい、あいつの病院って、そんな飯をただでご馳走してくれるほどはぶりがいいのかよ」

「今日は特別だよ。橘君の話だと僕が外科主任になり、おまえが警部補になったお祝いをしたいって。ほら、昨夜も話したじゃないか。覚えてないのか？」

「そうだっけ？」

「高校時代、あのまじめで面白みもなく目立たなかった橘君にとって、僕達二人だけが友達だったって、今でも言っているよ。あの頃の橘君ってさ、橘医院の跡取り息子で大学の医学部に合格するため毎日勉強づけで、それに内気だったろ。人とのコミュニケーションが下手だった。そんな彼を明るくさせたきっかけは、当時転校してきてたまたま彼と隣の席になったおまえなんだから」

「俺はただ、宿題写させてくれ、この字はなんと読むんだ、教科書忘れたから見せてくれ、と、たわいない会話をしただけだぜ」

「それが嬉しかったんだよ。第一、家が医者だと聞いて『御曹司』なんてニックネームつけるのもおまえぐらいだぞ。あ、そろそろ着くぞ。確かこの丘を上がって、っと」

ホテルマーメードは、伊勢志摩国立公園の中でも岬の上の海を見渡せる風光明媚な場所に建てられた三階建ての美しい洋館で五つ星ホテルだった。その歴史は、伊勢志摩国立公園が指定されたときに始まった。

伊勢志摩国立公園は昭和二十一年十一月二十日に指定された、リアス式海岸を形成する日本有数の海の国立公園である。南海には黒潮が流れ、気候が温暖で暖帯性の常緑広葉樹や南国に咲く海浜植物などが多く見られる地域でもあった。

薄紫色で統一されたホテルマーメードの駐車場にたどり着いた茂野兄弟は、その見事な絶景に思わず息を呑んだ。駐車場からも紺碧の海と点在する緑溢れる小島が浮かんでいる。フロントに入ると、オーナーの趣味だろうか、壁にオードリー・ヘプバーンの直筆サイン入りのポートレートが飾られてあった。

「おい、おまえの初恋の女性がいるぞ」

面白がった口調でポートレートを指差す梓に、薫はあらためてそれを見た。

妖精と呼ばれていた今は亡き大女優。薫は、学生時代にテレビで放映されていた彼女の代表作、『ローマの休日』を観てストーリーだけではなく清楚で美しい彼女に感動し好意を持った。だが久々に見たオードリーはたしかに魅力的だったが、あの頃と同じ胸のときめきはなぜか感じられなかった、とはいえ、少年の日のあこがれの女優の出迎えに、さっきまでむっつりしていた彼は、少し気をよくした。

ふと、声をかけられて振り向くと、今度のランチの招待主、橘がロビーにやってきた。

「ごめん、待った?」

「いや俺達もさっき着いたばかりなんだ」

橘は『橘医院』という小児科、内科、外科が専門の病院の副院長。つまり跡取り息子だった。ちょっと小柄でめがねをかけているが、医師独特の雰囲気はあまり感じさせない。穏やかな笑顔を向けていた。そんな橘に続いて彼の妻とボブヘアーの美少女がはにかんで入ってきた。すかさず梓は、

「このたびは兄までご招待くださいましてありがとうございます」

あわてて薫も、

「いつも梓がお世話になっています。本当に俺まで甘えていいのか?」

「まぁ、堅苦しい挨拶はいいよ。今日は君達が主役なのだから」

レストランに通された橘、茂野一行はテーブルへと落ち着いた。

「まず薫君、初対面だろうから紹介するよ。これがわたしの家族、妻の美子と今年中学二年になったひとり娘の笑子だ。『しょうこ』は、笑うの『笑』に子供の『子』なんだ」

するると美子夫人はコロコロ笑って、

「この人ったら笑子が生まれてから出生届の期限ぎりぎりまでなにもかも上の空で名前ばかり考えていたのですよ」

「橘君、いい名前つけたと思わないか、薫?」

「ああ、そうだな」

笑子はというと、照れくさそうに頬を染めてテーブルに視線を落としている。こういうところが御曹司似なのだな、と薫は思った。そしていつも梓が言っていたように、橘の子煩悩は本当だったようだ。まぁこんな可愛い女の子なら普通の父親でもポケットに娘の写真を忍ばせそうだ。

笑子が硬くなっているのは初対面で、しかも自分が刑事だから怯えもあるのかと思った薫は自分から口を切った。

「初めまして、笑子ちゃん。俺が橘医院の看板外科医、茂野梓の兄の薫です」

笑子はますます顔を赤くして、それでも勇気を出してか真っ直ぐ薫を見、

「こ、こちらこそ、初めまして。笑子です」

そしてまた真っ赤になって俯いてしまった。そんな彼女に、薫は思わず吹き出した。

「笑子ちゃん、結構シャイなんだな。そんなとこが御曹司そっくりだぜ。あっはっは」

ここでウエイターが前菜を手にやってきた。

「お飲み物はいかがなさいますか」

「お祝いの席だからね。シャンパンある」

「申し訳ございません。昨夜大きなパーティーがありまして……。ただいま調達中でございます」

「じゃぁ、今日のメインディッシュは」

「ハチミツとバーベキューソース風味チキンのロースト、野菜、マッシュポテト添えでございます」

「じゃぁそれに合うグラスワイン四つとオレンジジュースひとつ」

するとかおるは軽く咳をし、

「ちょっと待ってくれ御曹司。気持ちはありがたいが、俺もジュースにしてもらえねぇか」

「ワイン嫌いだっけ」

「いや、そうじゃないが、俺はあまりゆっくりできないんだ。刑事が飲酒運転だなんて洒落にならねぇし。それから梓の話だとおまえら食事の後、ホテルのパターゴルフ場でプレイするらしいじゃねぇか。酒気発散させて帰るだろ。梓は置いていくから可愛いがってやってくれ。で悪いついでにこいつを家まで送ってやってくれないか」

「分かったよ。じゃぁグラスワイン三つにオレンジジュース二つ」

「かしこまりました」

梓は、下がっていくウエイターを尻目に、

「おい、今朝そんなこと言ってなかったじゃないか。おまえが帰るなら僕も」

「おまえまで不義理するな。御曹司達と楽しんでこい」

「仕事かい。無理に誘って悪かったね」

「いや御曹司、そうじゃないんだ。悪い。ちゃんと休みとってあるんだけど、梓が顔洗っているときに三上から電話があって、どうしてもすぐ会いたいって」

「三上から電話って、おまえあれは間違い電話だったって言っていたじゃないか」

「下手な気を遣わせたくなかったんだ。こっちの方が優先だからな」

「あたりまえだろう。今すぐ奴の携帯に断りいれろよ」

「携帯家に忘れちまった」

「ドジ。僕のを使えよ」

「もういいよ。そうじゃなくても『今日じゃないとおまえ一生後悔するぞ』って言うから。だからあいつにはなるべく早く行くから署で待ってくれって約束しちまったんだ」

薫と梓の会話に、橘が目を輝かせて、

「三上君って、あの高校のときの？」

「ああ、風紀委員だったおまえの天敵で遅刻魔のうえ女ったらしの三上俊一だよ」

「彼、警察のお世話になるほど落ちぶれたのかい？」

「違う、違う。あいつ、今はフリーのジャーナリストだよ。たまにタメになる情報を提供してくれるんだ。過激な記事を書くがそれなりにその業界じゃ売れっ子でさ。ま、女遊びは相変わらずだぜ。なんせ会うたびに違う女を連れているから」

「へぇ。三つ子の魂百だね。学生時代は憎らしかったけど、今はなんか懐かしいな。会ってみたい気がするよ」

「医療ミスなどしたら真っ先に会いに来るだろうな。ただしそのときは覚悟しろよ。学生時代の恨みもこめてすごい記事書かれるぞ。おまえの病院、あっという間に潰しちまうぜ」

「あら薫さん。平成のブラックジャックというニックネームを持つ茂野先生がいらっしゃる限り大丈夫ですよ」

美子夫人の言葉が合図のように、飲み物が運ばれてきた。

「それでは、茂野薫君。警部補昇進と梓君の外科主任就任を祝って乾杯ッ」

橘の音頭にやっとリラックスした雰囲気がテーブルを包んだ。

――ワインなんぞ、どこがうまいのかね。ったく酒好きの奴の気持ちなんて分からねぇな。

おいしそうにワインを飲む三人を横目に、薫は心の中で毒づいた。そう、彼は三上との約束を口実にアルコールを避けたのだった。彼が酒嫌いになったのは、大学に入学したばかりのときのことだった。サークルの歓迎会でむりやりビールやチューハイ、そして水割りなどを何杯も一気飲みさせられ、酔いつぶれて嘔吐し、翌日、ひどい二日酔いで講義どころではなかった。それ以来、職場でも付き合い程度でしか飲まなくなった。梓は仕事で疲れたときなど焼酎の水割りを飲んで寝るけれど、薫は一滴も飲まなかった。

視線を感じて、薫はその先を見ると笑子に突き当たった。

「なに、笑子ちゃん」

「いえ、あのう。先生達は双子ってお父さんから聞いていたのですけど」

「ああ、全然似てないって。二卵性だからな。性格もまったく違うぞ。だがふたりとも男前だろ。あと質問は？　早く帰るお詫びになんでも聞いてくれ」

優しい薫の声に緊張がほぐれたのか、笑子は少し積極的になってきた。

「いつも不思議に思うのですが、茂野先生に想いを寄せる看護婦さんや患者さんがいらっしゃるのに、先生は今までずっと恋人らしい人がいなかったらしいし、お父さんの話だとお兄さんの方も。

どうしてお二人とも独身なのですか。好きな女の人、いなかったのですか」

思春期の少女らしい質問だ。

「こりゃまた鋭い質問だね。こいつ、そんなにもてるのかい。ま、俺の弟だからな。結婚しないのは、こいつも俺も、別に女嫌いってわけじゃぁないけど女とつき合うより仕事の方が面白いし、俺の場合、職業上家庭を持つとうっとうしいだろ。別に子供が欲しいわけでもないし。なぁ梓」

「うん。あんまりないんだ。恋愛願望とか結婚願望。うちの両親仲悪かったし、僕達を片親にしちゃぁだめだっていうだけの家庭内離婚みたいな家庭で育ったから、結婚に夢なんか持てないよ。薫がいるだけでじゅうぶんだ」

橘は吹き出し、

「この二人、すごく仲がいいんだよ。彼らはもともと転校生で、僕のクラスに薫君が入ってきてね。自己紹介のときに自分のことじゃなくて隣のクラスに転入した梓君のことばかり言ってね。今でも覚えているよ」

「たとえば、お父さん」

「『隣のクラスに入った茂野梓は二卵性の双子だから全然似てないが俺の弟だ。仲良くしてやってくれ。身長も体重も同じだが、あいつは読書家で温和で優しい。理数系が得意で将来は医者になりたいと言っている。あいつの好物は苺で、犬が好きだな。ラッシーに憧れているそうだ。俺に喧嘩を売るのはかまわんが、おとなしいからってなめて梓をいじめたら、ぶっとばすぞ』だったっけ」

「よく覚えているなぁ、御曹司」

梓は顔面を朱に染め、

「おまえ、そんなこと言ったのか。道理でおまえのクラスメート達がわざわざ僕を訪ねて来て『へぇ君が茂野君の片割れ？』って珍獣でも見るような目で言われていたわけだ。変だなぁとは思っていたけど」

「だから、これまた同じクラスだった三上が『すっげーブラコン』って言ってからかって。ひょっとして、今でも使っているの。商店街の福引で当たったあのダブルベッド」

「ああ。年季が入ってますます寝心地がいい。二人でリラックスしてゆっくり寝られるよ」

「えっ、一緒に寝ているんですか」

びっくりして問う笑子の質問に、茂野兄弟は彼女がなぜ驚くのか不思議そうに、

「おふくろの腹の中から一緒に寝ていたんだ。どっちかいないほうが寝つきが悪い」

「そ、そうですか。でもご両親になにも言われないのですか。そろそろ兄弟離れしろとか結婚しろとか」

「親父もおふくろも大学時代に通り魔に襲われてその怪我がもとで死んじまったよ。悔しいけど先月で時効になった。その後俺は大学を中退して警察学校に入り、梓は俺の給料と梓のバイト代をたした学費で無事外科医になった。そして君のお父さんの病院に拾ってもらって医者をやっている」

「すみません。そんな事情知らなくて無遠慮な質問してしまって」

「いいよ、別に。もう二十年前の話……」

ふと薫は言葉を止め、ジュースのグラスを持った。微かに手が震えている。

――怖い。

あることがきっかけで特に年齢を重ねるのが怖くなった。チラリと周囲を見ると、皆が和やかな雰囲気でおいしそうに料理を食べている。

――俺ももう四十歳になるのか……

最近芽生えたこの恐怖心を悟られまいと、薫はゆっくりジュースを飲み干した。


茂野薫が勤務先の松阪中央署の駐車場に自動車を乗り付けたのは、もう午後六時半を回っていた。ホテルマーメードを出たのは二時前だったが、帰り道に迷ったのと観光客そして通勤ラッシュの渋滞にまきこまれ、こんな時間になってしまったのだ。

もう三上は帰ってしまったのだろうな、と思いつつ署へと向かった。

「遅っせぇぞ、薫」

玄関前で呼び止められ、振り向くとサングラスをかけ、スラックス姿のキザっぽい男が立っていた。

「すまんな、三上。だが言ったはずだぞ。今日は休みとって御曹司につき合うって。それを途中でキャンセルさせるほど大切な用事ってなんだよ。つまんねぇことならぶっとばすぞ」

「あいかわらず血の気の多い奴だな。一度ぐらい女とつき合えよ。もっと性格が柔軟になるぜ」

薫は、ふと今日感じた疑問をつぶやいた。

「おまえいろんな女とつき合っているけど、初恋の相手のこと想うと今でもドキドキして心が薔薇色に染まるか？」

「なんだよ急に」

「実はさ、今日ランチを食べに行ったとき、オードリー・ヘプバーンの写真を見たんだ」

「ああ、おまえ好きだったな」

「でもな、学生時代はドキドキしたけど今日は胸がときめかなかった。なぜだろう」

「そりゃ色褪せたアルバムと同じさ。好きでも胸がときめかない。歳食った証拠だよ。そんなカビの生えた初恋より、今夜はおまえ好みのいい男を紹介してやるぜ」

「俺好みの女じゃなくて男だと。ふざけんな。そんなジョークは今日でなくても」

ふと、薫は今朝言われた【一生後悔するぞ】という三上の言葉が頭に浮かんだ。それに長年のつき合いから、彼の言葉をストレートに受け止められないことをよく知っている。きっとなにかの事件に絡んだ者のことだろう。

「まぁついてきな」

薫は足取りの軽い三上に続いた。

そろそろ周囲は暗くなり始め、昼間はゴミのようなごちゃごちゃした灰色の街に色とりどりのネオンが燈される。その光景は夜が更けるにつれ宝石箱のような美しさを見せていた。

十分ほど歩いただろうか、公園に突き当たった。昼間は子供達で溢れかえりにぎやかな公園も、この時間では人っ子ひとりおらず殺風景なものだった。

三上に続いて公園に入ると、ひとりの男が一升瓶を抱かえグラスを手にベンチで寝転んでいた。

歳は五十代といったところだろう。浮浪者のような服装をしている。

三上は男に近づくと、

「おい、おまちかねの刑事さんだよ」

と、男を揺り起こした。

男はうーんと伸びをすると、目をこすりながら大きなあくびをし、ニタニタと薫を見た。

「へへへ、刑事さぁん。もうあんたなんか怖くはねぇぞ」

薫は男の言葉の真意を計りかね、

「どういうことだ、三上」

「いやな、直接警察の人間と話がしたいって言うからよ。おまえの手柄にしてやろうと思って」

すると突然、

「オレは自由だぁ」

と、男はベンチからジャングルジムに駆けて上ると、一升瓶からコップに酒を注ぎ、一気に飲み干した。

「ヒャッホホーッ」

なんだか嫌な胸騒ぎがした。

薫は男に歩み寄ると、男は、

「旦那、デカだろ。プッハハハハ。まぁ飲んでくれ。祝い酒だ」

と、薫にコップになみなみと入れた日本酒を突きつけた。

そのときだった。フラッシュの光が薫の双眼に飛び込んできた。

「なんの真似だ、三上ッ」

「いいから、こいつの話を聞いてやれよ」

「ほら旦那ぁ、飲んでくだせぇよ。これからは仲良くしておくんなさい」

「なぜ刑事に会いたかったんだ。なにを聞いて欲しいんだ。それを聞いてからいただくよ」

するとと、男はクスクス笑い。

「旦那、オレもう自由なんだ。二十年。二十年の苦しみからやっと開放されたんだ」

「服役でもしていたのか」

「冗談じゃねぇ。その逆ですぜ」

酒が回っているのか男は饒舌だった。

「人を殺めちゃったんですよ。べっぴんさんをモノにしたかっただけなんスけどね。抵抗されて思わず首をしめちまった。だが昨日で時効だ。今日から逃げ隠れもせず、おてんとう様を拝めるんだ。こんな嬉しいことはない。なぁ旦那。アハハハハ」

罪悪感など微塵もなさそうな男の告白に、薫の表情が険しくなった。そんな彼に三上は、

「な、おまえにとって、よだれものの男だろ」

「なぜおまえがこの男のことを。まさか時効になる前に知り合って、わざと」

「違う違う。俺が知ったときにはもう時効を過ぎていたんだ。別件である女を尾行していた帰りに、あれは午前一時を回っていたっけ。で、この公園でぶちあたったんだよ。もう酔っぱらっていて

『ざまぁみやがれ。今日からオレは自由だーッ。警察なんざ怖かねぇ。連れてきやがれ』って。いいネタになりそうだったから、コンビニで酒買ってきて、それを餌に事の詳細を聞き出したんだ」

「で、こいつはなんて」

「二十年前の女子大生暴行絞殺殺人事件。その被疑者だとよ。今日午前中に裏も取ったぜ。だからおまえに連絡したんだ。これが時効前なら大スクープだけど。ま、記事にはさせてもらうぜ」

「記事って、それでさっき写真を。馬鹿よせ。遺族の気持ちを考えろッ」

「心配すんな。こいつの顔はモザイクいれて分からないようにするから。もちろん名前も載せねぇし。ちゃんと報道のルールは守るからな。で、こいつどうする」

　男を見ると空になった一升瓶を抱いてすっかり出来上がっていた。

「署に連れて行く」

「おい、もう時効なんだぜ」

「こんなに泥酔した男を放っておけるかよ。正気を取り戻したら遺族に謝罪させてやる」

「その方が遺族にとって、残酷じゃないのか」

「記事にするんだろ。遅かれ早かれ、遺族の耳に入るさ。ま、どうするか、今日のところは留置所にこいつを放り込んで、上の者と相談してみるよ」

　薫は重たそうな男をなんとか背負うと、

「ありがとな、三上。俺好みの男紹介してくれて」

　そして彼は署へと歩き出した。

このとき薫は、この男が間接的に自分の人生を狂わすことになろうとは夢にも思っていなかった。

男を背負って刑事課へ行くと、まだ数名の署員が残業をしていた。

「あれ、茂野さん。今日はお休みだったんじゃぁ」

内田課長は、尋常ではない薫の表情と背負っている男を見て席を立った。

「どうした、茂野君。その男は」

「課長。ここではなんですので別室で」

好奇心の絡んだ同僚達の視線を意識しながらも、三人は部屋から出て行った。

留置所に熟睡している男を入れると、薫はその場でさっきのことを手短に報告した。

「やっかいなことになったな」

「申し訳ありません。自分の不注意です」

「なによりもマスコミに知られたのはまずい。その三上とかいうジャーナリスト、君の友人だと言ったな。黙らせることはできんのかね」

「残念ですが、彼は道徳心も倫理観もそして友情さえも、特ダネの為なら微塵に吹き飛ばしますから。自分が呼び出されたのも、奴の記事に華をそえるために利用したかったのだと思います」

「写真を撮られたと言ったな?」

「はい。でも顔にはモザイクをかけると約束しました。もちろん実名も載せません」

「だが失態だぞ、茂野君。二十年なら民事でも裁けない。一応、署長の耳にも入れておこう。その記事が公になれば、無傷ではいられないぞ。遺族のことも考慮せねばな」

「この男の処分は」

「とにかく時効は時効。簡単な事情聴取をして明日釈放しろ」

薫は資料課へ行って男が言っていた当時の事件の調書を探して読んでいた。調書には、

《某月某日、市内の女子大生、木下弥生〔当時二十歳〕が暴行を受けたうえに絞殺され、ほぼ全裸に近い状態で公園の草むらに遺棄された。当時、大掛かりな捜査が行われたが、遺留品はなく目撃者もいず、聞き込みもままならず捜査は難航し、苦しまぎれに商店街やバス停、駅などに犯人逮捕の協力を呼びかけるポスターを貼ったがこれといった情報は入ってこず結局お宮入りになった》

かいつまんでいうと、そういった内容だった。

——二十年前に二十歳だとすると、俺と同じ歳じゃないか。

二十年。

もうすぐ四十歳。

突然、薫は鳥肌がたった。

彼が自分の歳を意識するようになったきっかけは、先日、たまたま給湯室を通りかかったときに、新人の婦警達が大声で話をしているのを聞いてしまったことだ。

『ねえねえ、今署で恋人にしたい男のナンバーワンって毛利さんだって』

『やっぱ若さとイケメンがいいわよね。男は三十越えると味がでるっていうけど、四十になったらただの中年のおっさんよ』

『そういえば、もう四十に秒読みだって、あの茂野警部補。あの人も昔はもてたらしいけど、未だ独身らしいわ』

『やめてよ、茂野さんの話なんて。あの人、パパと同じ歳なんだから。絶対恋愛対象外』

『えっ、絵梨のお父さん、そんなに若いの？』

『大学時代のできちゃった結婚。その子が私。パパを見ていると嫌になっちゃうのよ。うち、自営業でしょ。取引先の接待だとか言って家に客招いたときにへらへら笑って機嫌とったりしてさ。情けないのよね。そのとき私コンパニオンさせられたのだもん。最低よ。娘を仕事の道具にするの。おまけに腹も出てきたし白髪もあるし、極めつけが頭のてっぺんハゲてきた。嫌よね中年って』

『そういえば茂野さんだってもう若者には相手にされないんじゃない？　いくらハンサムだからってあの歳で合コンは無理でしょ。そうそうこの前あの人の白髪見つけちゃった。いやだぁ。今、もしあの人と結婚して子供産んだら、その子が私達ぐらいになったら、あの人六十よ。おええっ』

『もうじじいじゃん。私達の倍は生きているんでしょ。で平均寿命の折り返し点足らず、なわけ』

『もう青年じゃないわね。恋愛には賞味期限過ぎている。今から結婚するなら行き遅れのオバンがちょうどいいわよ。ピチピチの私達は旬の男を見つけて寿退社ってか。アハハハ』

――知らなかった。普段は『茂野さん。茂野さん』とまとわりついてくる彼女達が、そんな風に自分を見ていたなんて。

薫はそっと給湯室から離れると、トイレへと向かった。そしてせりあがる鼓動を抑えようと、そっと髪をかき上げた。

「！」

一見漆黒の髪なのに、中には無数の白髪があった。

ショックだった。

そういえば目尻にしわも出るようになったと梓が言っていた。きっと自分もそうに違いない。今まで仕事に日々追われ、自分の歳なんて考えたこともなかった。でもそのとき、初めて薫は自分の歳を意識するようになった。と、同時に歳を重ねることが恐怖となっていった。

そして今度の事件。

通り魔に襲われて命を落とした両親の死から今年で二十年。いやおうなしに年月が過ぎ、あと数ヶ月で四十の誕生日がくる。だがいくら拒否したとて、時間を止めることはできない。

薫は読み終わった調書を棚に戻すと、資料課から出て行った。


自宅に帰ってきたのは、もう深夜十二時を回っていた。梓は起きていて、食事の用意がしてあった。

「先に寝ていてもよかったのに」

「三上の用事っていうのが気になって。なんだって？」

「ああ、たしいたことはない。仕事に貢献してくれただけだ」

「そう。ならいいんだけど」

この兄弟、どちらかが仕事で遅くなるときや疲労の度合いによって、相棒が帰ってくるまで食事、風呂、洗濯物など家事をしながら帰宅するまで待ち、帰ってきてからはゆったり疲れを癒すように互いに心遣いをし合う。こんな生活を送っていたら、お嫁さんもいらない。そしてもうひとつ、二人には誰にも言えない秘密があった。

「三上イコール仕事が多いね。それより夕食まだだろ。早く食べてくれよ」

「サンキュ。それより楽しんできたか?」

「ああ、笑子ちゃんがね」

楽しそうに話す梓をぼんやりと薫は見ていた。

——梓は怖くないのだろうか。四十の大台にに乗ることが。年老いていくことが。

「白髪染め買おうかな」

ポツリと言う薫に梓は首を傾げて、

「おまえまだ白髪染めで隠すほど目立ってないよ」

空になった茶碗と箸を置くと、薫はいきなりネクタイを取りワイシャツ、シャツを脱いで上半身裸になった。歳のわりには筋肉質でたくましい体躯だった。

突然のことに、梓はびっくりして、

「薫?」

「なぁ梓。俺、まだ魅力的か。抱きたいと思うか」

「ど、どうしたんだよ急に」

「いいから答えろよッ。俺の身体、まだ若いよな。そう思ったら滅茶苦茶に抱いてくれよ。嫌か」

やけっぱちともとれる言動に、梓は優しく微笑んだ。その笑顔は、いつも薫をほっとさせるものだった。

梓はそっと薫の前髪を撫で上げると、くちづけをした。

「久々に一緒に風呂に入ろうか。おまえも今日は疲れたろう。背中流してやるよ。それからおまえの答えは風呂上りに、な」

欲情した甘い声で梓はささやき、二人はまたくちづけをすると、そのまま浴室へと向かった。兄弟の域を超え、恋人同士のような行為を楽しむ。これが茂野兄弟の最大の秘密だった。

窓から差し込む光に、薫は目を覚ました。昨夜の情事の余韻がまだ残っている。心地よい疲れだった。

「おはよう」

バリトンの声が耳元でささやく。

横を見ると梓が愛しそうにそっと唇を重ねてきた。そしてぎゅっと抱きしめられた。

「いつもより燃えちゃったね。今日はオペがないからいいけど。でもどうしたんだい。滅茶苦茶に抱いてくれって。夕べ三上となにかあったのか」

薫は答えず梓の前髪を撫で上げた。やはり白髪がポツポツある。穏やかだった気分が吹き飛び、急に恐怖が電流のように全身を貫いた。

「怖くないのか、おまえ」

「なにが？」

「白髪」

「ああ。ハゲるよりマシじゃない」

「俺達、もう四十なんだぞ」

「めでたいことじゃないか。病院じゃぁ四十を待つことなく死んじゃう人だってたくさんいるんだ。よかったな」

「俺はおまえの患者じゃねぇ。気休めはよしてくれッ。親父やおふくろが死んで、二十年になったんだぞ。今、活躍しているアイドルとか、スポーツ選手とか皆年下ばかりだ。署の新人なんか親子ほど歳が離れている」

双子の直感というのだろうか。梓は、最近見せる薫の寂しげな瞳に気づいていた。だがそれは、なにによってかは分からなかった。

「世代交代って奴さ。もう俺達は青年じゃない。若くないんだぞッ。ただの中年さ。三上に言われた。昨日見たオードリーの写真に胸がときめかなかったのも歳をとったせいだって。あと数ヶ月で四十なんて。だんだん坂を転がっていくように惨めになるだけじゃないか」

まくしたてているうちに涙がとめどもなく流れた。給湯室の一件に拍車をかけるような昨夜の事件。今まで抑えつけていた日頃の【時の流れ】という不安が爆発し、せきを切ったように涙が溢れてこぼれた。

そんな薫に梓は、――ああ、このことが薫を苦しめているのか。

人一倍プライドが高く、触れるとやけどしそうな激しい気性の薫だが、芯は神経質で優しく傷つきやすいことは梓が一番よく知っている。

薫は梓から離れると、枕に顔を押しつけて、激しく泣き出した。

「俺、今までなにしてきたんだ。警官になって夢中で働いて、気がつけば二十年たった。今度気づけば定年だぞ。だんだん体力も落ちて、さっきのような最高のセックスする気力も萎えてきたら。いや、もう老化は始まっている。物忘れも頻繁だし、自慢だった漆黒の髪も白髪が出てきた。老眼が入ってきたのか目も見えにくくなった。老いて顔にシワやシミができて体形も崩れて醜くなっていくんだ。外見だけじゃない。ボケちまうかもわからない。そうなったら、俺、俺は」

梓は、薫の背中を、ゆっくりさすった。そして驚いた。鳥肌がたっているではないか。

「誰だって、先のことは分からないよ。そんなこと考えているヒマがあったら、今を充実させていけばいいじゃないか。歳なんて誰でも等しくとるんだし。大切なのは今だ。将来っていうのはそれの積み重ねじゃないのか？」

「将来って、いったいどんな希望の持てる将来なんだよッ」

——こんなにも歳をとることに囚われているなんて。

梓はなんと言っていいか言葉につまり、むせび泣く薫を見つめながら乾いた唇をなめた。

「梓。俺は別に子供が欲しくて言っているわけじゃねぇが、御曹司みたいに父となりいずれ孫を持つという、子供の成長を見る喜びなんてないし。なによりおまえが先に逝っちまうのは耐えられない。おまえがいなきゃぁ俺、生きていけねぇよ」

「それはこっちのセリフだ。おまえが刑事になったときから、もし殉職しちゃったらどうしようっていつも不安な気持ちでいるんだぞ。昨夜だって、電話ひとつなくて遅く帰ってきただろう。三上に危険なことやらされていないかって、いてもたってもいられなかった。僕だって、おまえが先に逝っちゃったら後を追って逝くよ。おまえには僕がいるじゃないか。一緒に歳を重ねていこう。その中からなにか喜びを見つけていけばいいじゃないか。な、兄貴」

「……」

「朝食、作ってくるよ。落ち着いたら起きておいで。でないと遅刻するぞ」

梓はうつ伏せになって泣いている薫の髪をくしゃくしゃっと撫でると、バスローブをはおってベッドから出て行った。

【週刊事件】の最新号が発売された日、街は騒然となった。その日、松阪中央署の刑事課にもその雑誌が広げられ、昼食を食べに行っていて遅刻すれすれで部屋に戻ってきた茂野薫警部補に同僚達全員の視線がいっせいに突き刺さった。そればかりか佐野署長まで内田課長の席の前に立って、薫を見ると険しい表情になった。

「署長どうなさったのですか。それに皆も俺を見て」

すると、刑事課最年少で人なつっこい神崎刑事が今まで皆が取り囲んで読んでいた雑誌を手に薫のもとにやってきた。

「茂野さん。コレってマジっすか。昼休みにコンビニに行ったら客が雑誌のところに群がっていて。

で、なんの記事が載っているのだろうと完売する一歩手前で強引に一冊とって見たんですよ。そうしたら表紙に【時効犯人松阪中央署の刑事と祝杯】って書いてあったものですから思わず買っちゃいました。で、そのページ読んでみたら茂野さんのことが書いてあるからもうびっくりしちゃって」

「なんだと？」

雑誌をひったくるように手に取った薫は、思わず目を見張った。

「！」

それは、【ザ・スクープ】と題した三上の記事だった。酒の入ったコップを薫に突きつけている男の写真がデカデカと載っている。男の顔はモザイクがかかっているが、薫の顔ははっきり写っている。そして見出しが表紙と同じく、時効の男が現職刑事と祝杯、とある。そして記事の内容といえば、男の名は約束どおり伏せてあるものの、被害者である木下弥生の名や男から聞いたというその残忍な手口。そして祝杯をあげた刑事の名が茂野薫刑事と実名で書いてあるではないか。

食い入るように記事を読んでいる薫に内田課長は、

「てっきり、君の顔にもモザイクが入っていると思っていたがね。しかも被害者も君も、署の名前まで実名で載っている。読む者にしてみれば、君は酒をもらって飲んだ非道な刑事という風にも取れるぞ。まぁ私は君を信じているがね。それにしてもたいしたジャーナリストだな、この三上とかいう男は」

「まったく。内田課長から話は聞いていたが、まさかこんなことになるとはな。平穏な定年を迎えられると思ったが。ま、茂野君。まず調査させてもらって、それから君の処分を決めるよ。いいね」

佐野署長が退室すると、

「三上の馬鹿野郎ッ。これでは俺の面目丸潰ぶれじゃないか！　くそっ」

薫は雑誌を机に叩きつけた。

こんな形で自分を利用するなんて、友情を土足で踏みにじられたような気がした。スクープのためなら平気で友達を売ることは知っていた。でも許せない。抗議してそのモテモテの顔を変形するまでぶん殴ってやりたい衝動にかられた。激しい怒りを表わす薫に口を挟む者はいない。内田課長すら薫に声をかけることを躊躇し、部屋は静まり返っている。

薫が泥酔して署に運び込んだ時効犯は、正気になると遺族への謝罪どころか、『時効になったのに拘置所に入れるとは人権侵害だ、弁護士を呼べ』とわめき散らし、結局釈放となった。

薫は電話に飛びつき三上の携帯を鳴らしたが、電源が切ってあって連絡がとれない。

と、そのときだった。ノックの音がし、婦警が顔を出した。

「失礼します。茂野警部補にご面会したいという方がお見えですが」

「さっそくマスコミが鼻を鳴らしにきたか」

内田課長を始め、ここにいる誰もがそう思った。が、婦警は、

「いえ、木下さんという民間の方です」

木下――

時効になった男が手をかけた、木下弥生の遺族か。彼らもこの雑誌を読んだのか。

最悪だった。

「茂野君、行って来い。だが、分かっているだろうが安っぽい同情心で犯人の実名を言うのだけは」

「心得ています」

薫はネクタイを締め直して気合を入れると、面会室へと向かった。

面会室に入ると、老夫婦がソファから立ち上がり、薫に深々と頭を下げた。

「初めてお目にかかります。木下弥生の両親です」

言い終わらないうちに母親の方が泣きじゃくった。

その泣き声が薫の心を締めつけた。

「初めまして。茂野です。どうぞお掛けください」

すると母親は涙を拭い、

「失礼いたしました。お目にかかる早々見苦しいところをお見せいたしまして、お恥ずかしゅうございます。もう泣きませんので、不憫な娘の仇の名を教えてください」

「お気持ちは分かりますが、お教えできないことになっているのです。申し訳ありません」

すると父親が、

「娘はあんな目にあって殺されたのですよ。いくら時効とはいえ、被害者より加害者の味方をなさるのですか。娘の時効を犯人と祝ったというのは本当だったのですね」

「やはりあの雑誌の記事をご覧になったのですね」

「今朝近所の人に、『これ、弥生ちゃんのことじゃない』と雑誌を見せられたのです。それを読んだらいてもたってもいられなくなって」

「確かに自分は酒を勧められました。でも飲んではいませんし、祝杯だとも思っておりません」

「ですが記事には」

「あれは特ダネ欲しさにある記者がねつ造したものです。本気になさらないでください」

「では後生です。それが真実ならその証拠として娘を殺した犯人の名を教えてください」

「さっきも申し上げましたが、それは無理なのです。申し訳ありません。どうかお引き取り下さい」

　頭を下げる薫に両親は、

「また明日お伺いします」

「冷たいようですが、何度いらしても答えは同じです」

「それでも伺います。雑誌より、今のわたし達に言ったことが真実ならいつかきっとお教え願えると信じています。それに今の私達にとって、それが唯一の生きる望みなのですから」


　広々とした病室を、沢口康夫が独占していた。彼は先日重度の虫垂炎で病院に運ばれてきた患者で、茂野梓外科医が執刀した。梓の技術でなければ命を落としていただろう。そう、彼も梓によって奇跡的に助かった患者のひとりだった。彼はスーパーの店長であり、従業員からも慕われる人のいい男だった。その証拠に、彼の机には花束がひしめいている。

　彼は熱心に週刊誌を読んでいた。

　ノックの音がし、沢口が慌てて雑誌を布団の中に隠すと同時に、白衣をまとった梓が入ってきた。

「沢口さん。退屈しのぎに売店に行ったのですって。駄目ですよ、まだ無理をしたら」

すると沢口は、

「すんません。でも先生のおかげでもう大丈夫。ところで先生、確かお兄さんは刑事だとおっしゃってましたね。茂野薫とかいう」

「よく名前までご存知ですね。ええ。双子の兄です」

沢口は、あれ、という顔をして布団から雑誌を取り出すと、

「沢口さん、なんですかその週刊誌」

「そ、それより見てください」

と、ページをめくり、梓に突きつけた。

「双子って、全然似てないじゃないですか、ほら」

沢口に広げた雑誌を渡され、見た梓の双眼に例の三上の記事が飛び込んできた。

――三上の用事って、コレだったのか。

頭を一発ガツンと殴られた気がした。いかにもスキャンダル好きな読者が飛びつきそうな記事に、雑誌を持つ手が怒りで震えた。これでは、薫がまるで悪徳警官だ。あの夜薫が、『滅茶苦茶にしてくれ』と誘ったのも、老いることへの恐怖を引き起こしたのも、このことが原因だったのでは。そう思うと、腹わたが煮えくり返った。

「先生?」

「あ、ああ。僕達は双子といっても二卵性だから。この雑誌、売店で?」

「ええ。でも、もう先生の許可なしで歩き回りませんので勘弁してください」

「約束ですよ」

「この街で起きた事件だから、街の人なら誰でも興味あるでしょうが、この雑誌、全国版ですよね。日本中にお兄さんの顔と名前が知れわたる。時の人として有名になるのでは。でもやばくないですか。さっき売店でたむろしていた患者さん達皆と心配しているんですよ。先生には失礼ですが、時効の祝い酒を酌み交わすような刑事がお兄さんだなんて、先生の名に傷がつかないかと」

「ご心配してくださるのはありがたいですが、その記事に信憑性はありません。第一、兄はそんな男じゃない。この記事を書いたのは僕のよく知っているちんぴらです。お疑いになるのでしたら、証拠にその雑誌を売店で買って兄に事の次第を聞いてきますよ」

「もう売ってないっすよ。この見出しで皆飛びついたのでしょうね。これで最後でしたから。なんならこの雑誌、お貸ししますよ。それにしてもタイプは全然違うけど、先生もお兄さんもなかなか男前ですな」

　梓はくすりと笑うと、

「あんまり調子に乗るとうーんと痛い点滴をダブルでやりますよ」

「ひええっ」

　沢口はおどけた悲鳴を上げると頭から布団を被った。

　ほどなくして、梓は副院長の橘に呼び出された。デスクに腰かけている橘は、やや厳しい顔をしていた。

「副院長、なにか?」

「まあ掛けてくれ」

「失礼します」

「君に大切な話があるんだ」

例の雑誌のことかな、と思った梓は、

「あの記事はでっち上げです。酒嫌いの兄が酒につられて犯人と祝杯なんてするわけがない。まだ全部読んではいませんが、ほら、副院長がホテルマーメードに招待してくださったとき兄が三上に呼び出されたとかで先に帰宅したでしょう。あの日に三上の奴のダシに使われて」

橘はキョトンとし、

「なんの話をしているんだい」

「えっ、あの雑誌のことじゃぁ」

「ああ、その噂は知っているよ。『君の兄のことじゃないかって、患者が盛り上がっている』と江藤先生から報告を受けたし、雑誌も読んだ。あいかわらずやってくれるね、三上の奴。でも今日君を呼んだのは別件だよ」

「別件？」

「先日、手遅れで死んでもおかしくない虫垂炎の患者のオペをしたよね」

「ああ、沢口さんのことですか」

「そのとき、三人の男性達が見学していたのを覚えているかい？」

「いえ、手術に集中していましたので」

「彼らは津中央大学医学部の池田名誉教授と医学会でも著名な医師達だったんだ」

「そんな人がどうして？」

「君の評判を聞いて、ぜひオペを見学させてくれって申し込まれて。外科による医療ミスがこの頃目立つからね。腕のいい外科医が欲しいらしくて。で、いいタイミングであの患者が運ばれてきた。君の丁寧でしかも迅速な処置を目のあたりにして、絶賛していたよ。千人にひとりいるかいないかの逸材だって」

「そんな、買いかぶらないで下さい」

「そこで、だ。そのお偉方が、『町医者なんかやめて、大学病院へ来るように言ってくれ。そうすれば将来、彼は歴史に名を残す医者になれる。彼を育てたい』と申し込まれてね」

「引き抜きってわけですか。残念ですけどお断りします。名声なんていらないし、僕を必要としてくれる患者はこの街に大勢いるのです。それに就職氷河期で困っていた僕を副院長に拾ってもらったっていう恩もあるし」

　すると、橘は微笑んで、

「ありがとう。君のことだからそう言ってくれると信じていたよ。でもね。わたしも君はこんな小さな病院にはもったいない腕をしていると思うんだ。先方は『とにかく研修という形でいいから一ヶ月だけでも預からせてくれないか』とおっしゃってくださっている。この病院を愛してくれる気持ちはありがたいけれど、ここでは処置できない患者がむこうには山ほどいるんだ」

「でも僕が抜ける間、外科医は三田村先生おひとりになるのでは。ご迷惑にはならないでしょうか」

「君には及ばないけど三田村先生も腕のいい外科医だ。それにもし患者が殺到した場合、他の病院へ搬送する手はずも整っている。だから勉強してきてくれよ。その結果、今後のことを考えてくれればいい。これは命令だよ」

「副院長」

「早速、来週から頼むよ」

「分かりました。その代わりといってはなんですが、後は三田村先生に任せて今日はもう早退させてもらっていいでしょうか?」

「ああいいよ。三上のところへ抗議に行くんだろ」

「えっ、どうして」

「何年のつき合いだと思っているの。それに顔にそう書いてあるよ。本当に君達は仲のいい兄弟だな。ひとりっ子のわたしにしてみれば羨ましい限りだよ」

「こんなこと聞いてなんですが、ひとりっ子が寂しいなら、なぜ笑子ちゃんに兄弟を作ってあげないんですか?」

「君に話してなかったっけ。妻は笑子を産んで、さぁ二人目をと思った矢先に子宮癌にかかってね。子宮を摘出しちゃったものだから子供はもう授からないんだよ。本当は三人ぐらい欲しかったけど」

「そうだったのですか。すみません。知らなかったとはいえ無神経なことを言って」

「それより、今朝時間があったら聞いて欲しいことがあるって言っていたね。ついでに話してくれないか」

梓は薫が歳をとることへの不安でこの頃毎日のように怯えて泣いていることを話し、どう接すればいいかアドバイスを求めた。

「君が死んだら生きていけない。意外だな、彼がそんな甘ったるいこと言って泣いているなんて。じゃぁわたしはどうだい。もし今妻に先立たれたら笑子を男手ひとりで育てなきゃいけないし、父にもしものことがあったら、この病院を背負っていくのはわたしなんだぞ。生きていかなければいけない責任がある。家族を失ったからって、泣いているヒマなんかないよ」

「そうですよね。でも歳をとることへの不安はなんて言ったらいいのか」

「誰だって多少は歳をとることは怖いと思うよ。でも、だからって。彼がどうして過剰に怖がるのかは分からないけど、もっと歳をとることへの楽しみを考えてやることだね。たとえば、誕生日に彼の好物をずらりと並べて、ご馳走するとか。あるいはお互い休暇をとってこの前みたいにお洒落してホテルマーメードで食事をしてその後ホテルの設備で思いっきり遊んで豪勢に祝うとか」

「そんなことで薫の恐怖が拭えるかな。とにかく異常なほど怖がっているんです」

「うちにいてもらう限り、君に定年なんてもうけるつもりはないよ。健康で元気でさえいてくれたら何歳までと言わずいてもらうつもりだ。でも薫君が定年になったら長期の休暇と臨時のボーナスを支給するからそれと薫君の退職金で世界一周のクルージングに行っておいで。そんな、夢のあることを提案したら。薫君も君も、仕事づけで海外旅行なんて行ったことないだろ。薫君、歴史が得意だったよね。だったらこんな手は。年に一度、誕生日に世界遺産を巡る海外旅行をしようとか。君達、家やお墓はあるんだし、結婚もしてないから子供の養育費もいらない。借金だってないんだろ。年金とか入ってくるお金は自分達のために自由に使えるじゃないか。第二の人生薔薇色じゃない。わたしなんて、笑子を大学へやって、病院の跡取りとなるいい養子と結婚させ、孫が生まれたらお祖父ちゃんって呼ばれるんだよ。薫君よりはるかに歳をとることに過敏になってもおかしくない。彼、定年後は無職になるだろ。薫君のことだ、ゲートボールなんかして爺くさく遊んでいるより自分は社会に必要とされたい。もっと第一線で働きたいって言うだろう。だったらうちで警備をやってもらってもいいし、刑事としてのキャリアを生かしたいのなら、わたしの知人がやっている興信所、つまり探偵事務所だな。そこに頼んで雇ってもらってもいいし」

「副院長。そこまで僕達のことを」

「君達はわたしにとってかけがえのない親友だから、当然のことだよ。でも、らしくないな。彼がそんなことで苦しむなんて。誰もが歩む道なのに。ひょっとしてウツが入っているのじゃあ?」

「ウツって、自律神経失調症のこと?」

「ん、それに近いかな。今、働き盛りの三十代から四十代に多いっていうから。よく観察してもしそういう兆候があるなら、言ってくれないか。津中央大学病院にいい精神科医がいるらしいから紹介状を書くよ」

「ありがとうございます、副院長」

梓は深々と頭を下げた。

【週刊事件】を発行している古川出版社は、全国に支社あるいは支局を持っている。そんな中、三重県の津支社に記事を売り込むフリーのジャーナリスト、三上の記事は高く評価されていた。

津支社の大井編集長に呼び出された三上は、今回の記事で雑誌としては異例の増刷が決定したと知らされたばかりか、金一封をもらった。記者冥利につきる瞬間だ。

「これからもいい情報を頼むよ。いっそうのことうちの専属になってくれればありがたいのだが」

「縛られると自由に動けないので。でも特ダネはおたくに売り込むことをお約束します」

津支社を出ると、空が茜色に染まっていた。駐車場に向かう三上の頭の中は、社長賞をどの女とのデートに使うか、あるいはいきつけのスナックで豪遊するかで占められていた。やがて駐車場につき、駐車している自慢の愛車、アウディの鍵をポケットから出したとき、そのかたわらで例の週刊誌を手にした茂野梓が立っているのに気づいた。いつも穏やかな笑みを浮かべている彼だけに、怒りを含んだ表情は一種の迫力があった。彼のこんな顔を見るのは初めてのような気がした。そしてなぜ梓がここにいるのか、おおよその見当がついていたが、三上はあえてとぼけることにした。

彼の反応を見たかったからだ。

「よぉ、久しぶりだな。梓。どうした」

「どうもこうもない。よくも薫を傷つけてくれたね。病院中の笑い者になっているよ。なぜ薫を巻き込んだ。事の次第によっては名誉毀損《きそん》で訴えるぞ」

「まぁ乗れ。話は車内で聞くよ」

三上にすすめられるまま、梓はアウディに乗り込んだ。アウディは高級車らしく滑るように走り出した。

「わざわざ電車で来たのか？」

「ああ。急行で四十分かかった。それに僕達、休日以外は滅多に車に乗らないから」

「おまえらの愛車、三菱のディアマンテだったっけ。もう生産中止になった車種だろ。もっとナウいのに変えろよ」

「この車も汚い記事で儲けた金で買ったのか？」

「努力の成果と言ってくれ。ま、おまえ足がないならちょうどいい。家まで送ってやるから、ちょっと一杯つき合えよ。薫のおかげでちょっとリッチになったから奢るぜ。きれいなオネェちゃん達がいる店に連れて行ってやるよ。おまえ、女遊びしたことないだろ」

「僕がなぜおまえを待っていたか、察しはついているのだろ。リッチだかなんだか知らないが、薫を陥れるような酷い記事でもらった金で僕を黙らせようと思っても無理だからな」

「で、俺にどうしろと？」

「謝罪文を書いてもらいたい」

　すると突然三上は笑い出した。

「アハハハッ。ジョークはよせよ」

「僕は本気だよ。でないと本当に訴えるからな」

「いいのかよ、そんなこと言って。俺はとっておきの情報を握っているんだぜ。今のタイミングで発表すれば、おまえらの信用は丸潰れだ」

「僕達はおまえと違って、真面目に精一杯生きているんだ。とっておきの情報がなにかは知らないけれど、叩いたってホコリなんて出ないぞ」

「たいした自信だな。じゃぁ、こういうのはどうだ。【時効した犯人と祝杯を交わした不誠実な刑事のもうひとつの顔は、人望の厚い名医の弟と同性愛の関係にあり、毎夜二人で伽を楽しんでいる】」

梓は内心ギクリとしたがまだ顔に出さない余裕があった。

三上は続けた。

「そんなこと世間に知れたら薫の奴、どうなるかな。アメリカじゃぁ警察官の同性愛はご法度でクビの対象になるらしいぜ。週刊誌の不祥事も加えると最悪懲戒免職だ。無論おまえさんにも火の粉が飛ぶぞ。誰が変態の医者に診てもらいたい。そのうえ医療ミスでもやらかしたら橘の病院をクビになるどころか、下手すりゃぁ医師免許剥奪だぜ。昔から忠告しようと思っていたんだが、恋愛の対象が悪すぎるんだよ、おまえら」

「僕達がそうだっていう根拠は?」

三上はあきれた顔をして、

「高校時代から出来てたんだろ、おまえら。現にいい歳をして二人そろって結婚してねぇし、女の影もない。影どころかおまえらまだ女の味を知らないんだろう。そして仕事に情熱を注いでいる」

「三上だって僕達と同じじゃないか。独身でスクープばかり追う仕事人間」

「誤解するな。俺はひとりの女に縛られたくないから独身なだけで、おまえらとは違う」

「どう違うんだ」

「初めておまえらに会ったとき、普通あの年頃の双子は反発しあいがちだけど、えらく仲のいい兄弟だな、と思った。ただの兄弟じゃないって確信したのは高校のときの福引だ。あの寒かった冬の下校の時に『鼻水が出る』と言ったら、おまえが『福引の券がある。どうせ特賞のハワイ旅行なんて当たらないだろうし、参加賞でティッシュがもらえるから、それをあげる』って。で、俺と橘と薫を引きつれて商店街へ行き福引のガラガラを一回転させたら、副賞のダブルベッドが当たった。そのとき、薫と『これで、いちいち布団をひかなくてもよくなったね』って、二人して喜んでいたじゃないか。と、いうことは、それまで一緒に寝ていたってことだろ。違うか」

「……」

「思春期だったあの頃から、今でもそれ使って一緒に寝ているんだろ。二人暮らしで互いにルックスもいけている。女に見向きもしない。ここまで条件がそろえば、勘のいい奴ならピン、とくるぜ。【こいつら出来ているな】ってな。いいか、俺を敵にまわすなよ。俺のペンひとつでおまえらの運命が決まるんだぜ。それを忘れるなよ」

「卑怯だぞ。どこまで友達を踏みつけにしたら……。そのうちおまえ本当に友達いなくなるぞ」

「仕方ないだろ。それが俺の仕事さ」

眉ひとつ動かさない三上に、

「とめろ」

ひと言凄む梓に、三上は車を歩道に横付けにしてとめた。

「どうした」

すると梓は、いきなり三上の頬に拳をふるった。

思いがけない攻撃に、三上は切れた唇から流れる血を掌で拭うと、キッと梓を睨みつけた。

「この野郎ッ、暴行罪で訴えるぞ」

言葉が詰まった。自分を睨みつけている梓が頬にポロポロ涙を流していたからだ。

「訴えたければ訴えればいい。おまえに法律を語る資格があるのならね。だがな。おまえに傷つけられた薫の名誉は、どんな法律をもってしても消せはしない。それ相応の処分を言い渡されるだろう。僕のことならなにを書いてもかまわない。だが薫のこととなると別だ。今度やったらただではおかないからな。僕にとって自分の地位や名誉や信用、そして医師免許なんかよりも薫の方が大事なんだよ。あいつを守るためならなんだってやる。それを頭に叩き込んどけッ」

吐き出すように怒鳴りつけると、梓はドアを開け、車から降りていった。

車中に残った三上は、雑踏に紛れて去っていく梓の背中を見ながら、クスリと笑い、それからゲラゲラ笑い出した。

「あいつ、初めて人を殴ったんだろうな。下手くそなパンチだぜ。どうやら俺の負けみたいだな」

彼は携帯を出すとボタンを押した。


居酒屋ポン太は松阪中央署と駅の中間地点にある、和風ログハウスの洒落た店で、女性客も多くいつもにぎわっていた。そして署の職員達のたまり場でもあった。毎日入れ代わりたち代わり警官達がやってくる。ここでも、今日は三上が書いた茂野薫の記事が話題になっていた。

そのカウンターに三上がいる。彼はあれから自動車でここへ直行したのだった。

しばらくして、ガラガラガラと音を立ててドアが開いた。

「いらっしゃい」

声をかけた五十代ほどの店長の顔が凍てついた。入ってきたのが、噂の薫だったからだ。怒髪天をつき、険しい表情をしている。薫の出現に、そうと気づいた客達も声を落とし、小声でヒソヒソ話をするようになった。

薫は、店中から絡みつく視線を無視し、「よお」と手を上げる三上の隣に来ると、カバンをテーブルに叩きつけるように置いた。

「貴様、どの面下げて俺を呼び出した？」

開口一番怒気のこもった声色の薫に、三上は席につくようにうながした。

「生ビール二つ。あと六千円分ぐらいの料理適当に任せるよ」

「で、なんの用だ。また俺をダシにするつもりか。あんな記事書きやがって、俺が刑事でなかったら、半殺しにしたいところだ」

「まずはビールで頭冷やせ」

三上は運ばれたジョッキを手にした。つられて普段なら酒は飲まない薫もジョッキを持つ。ちょうど咽喉がカラカラだったのと怒りで頭に血が上っていて自暴自棄になっていたので、乾杯をする間もなく、ビールを飲んだ。ひと口飲んだ瞬間、吐き出したか？　否である。咽喉に染み込むビールに驚いた。うまい。とてもうまい。彼は一気にビールを飲み干した。心の中で、あんなに拒否していたアルコール類。それがこんな美味しい飲み物だと思わずに、今まで拒否してきたのかと驚愕した。

「へぇ、いい飲みっぷりだな。もっと飲めよ」

三上は手を上げ、

「親父、ビールおかわりッ」

そして薫に、

「つまみも食えよ。俺の奢りだ」

「いや割りカンだッ」

薫は空になったジョッキをドンとテーブルに置くと、キッと三上を見た。

「んな、怖い顔するなって。悪かったと思っているよ。本当にすまなかった」

真面目な顔をして素直に頭を下げる三上が意外で、拍子抜けした。

「珍しく素直じゃねぇか。だがこれで許してもらおうなんて思うなよ。あれから署にマスコミも来たが、もっと頭を抱えるような人達が来たんだ」

「誰だよ」

「遺族だ、遺族」

「遺族が」

「おまえの記事を読んだらしくてな、夫婦そろって、わざわざ俺を指名してやってきたんだ。『犯人の名前を教えろ』って泣きつかれてすっげー迷惑したんだ」

「あるホストに恋をした女の愁嘆場みたいだな。で、ご指名を受けた気分は？」

「最悪だ」

「だろうな、で、犯人の名を教えたのか?」

「あほぅ。そんな真似できるか。きっぱり断ったよ。そうしたら明日も来るって言って帰っていった。被害者の執念ってのはすごいんだぞ。特にひとり娘があんな酷い死に方をしたんだ。あのぶんじゃぁ教えないかぎり来るだろう。どうしてくれるんだッ。それに俺は処分されるんだぞ。やっぱりぶん殴ってやるッ。外へ出ろよ」

「もう梓にやられたよ」

薫は思わず三上の胸ぐらを掴んだ。

「梓が。嘘つけ。あいつが暴力なんてふるうものか。第一、病院にいるはずだ」

「記事のこと知って、早退したんだろう。わざわざ電車に揺られて出版社まで来て俺を待ち伏せていたんだよ。あのトロイ梓もおまえのことになるとケツに火がつくんだな。殴られたうえに言われたぜ。『今度やってみろ、医師免許剥奪をかけても薫を守る』って。嘘だと思うのなら帰ってから本人に聞いてみろよ。あ、ビール来たぜ」

薫は三上から手を離すとまたビールを一気に飲み干した。そして財布から三千円を出すとテーブルに置いた。

「これ、俺の分な」

「なんだよ、もう帰るのか?」

「早退しているのなら、もう家に帰っているはずだ。一緒に飯食わないとあいつ寂しがるだろ。梓に免じて今回のことは水に流してやる。じゃぁな」

慌ただしく席を立って店を飛び出る薫に、三上は、やれやれとため息をついた。

「ったく。どっちもどっちだな、あいつら」


満員電車の人込みにもまれ、ようやく駅のホームに降り立った薫は、ホームの売店に面した改札口を通り抜けて駅を出ると、あれっ、と足を止めた。前方の暗闇にポツンと立つ防犯と誘蛾燈をかねた外燈があるのだが、その蛍光を発している電燈にたむろする虫達の下に、梓が背もたれして立っているではないか。彼は、

「お帰り」

と、薫の心を和ませるいつもの笑みを浮かべて迎えてくれた。

「待っていてくれたのか?」

「今夜はおまえと一杯話がしたくて」

「俺もだ」

二人は肩を並べて帰路につくと、競うように互いの今日の出来事を語り合った。

昼下がりの松阪中央署の刑事課。今日はこれといった事件もなく、課の者達はこれまでの残務整理と報告書といった地味なデスクワークに励んでいた。
その頃――

署長室のデスクにどっかり腰を下ろしている佐野署長は、目を通していた書類をデスクの上に置くと、前に直立不動している、内田刑事課長と茂野薫警部補を苦々しく見た。

重々しい空気が流れた。

「厳正に調査を行った結果、二人に次の処分が下った。まず内田刑事課長」

「はい」

「君は茂野警部補から報告を受け、週刊誌にこの不祥事を書かれることを予測できたはずだ。警察の威信をかけてもその男に圧力をかけるべきだった。それを怠ったことと茂野警部補への指導を徹底していなかった。よって二ヶ月の減給処分にする」

そうして署長は、通達書を内田課長に手渡した。

「ちょっと待ってください」

「なんだね、茂野君？」

「署にあの男をつれてきたのは自分の一存です。そしてそのジャーナリストは自分の友人です。あの記事の掲載を止められなかったのはすべて自分の責任です。課長はなにも悪くはありません」

「なら、なぜ昨日その男と居酒屋にいた？」

——監視されていたのか？

薫は内心ギクリとした。

「詫びたいと言われて」

「ほう、では訂正記事を書いてくれるのかね」

薫は言葉に詰まった。謝罪文なんかあの三上が掲載するわけがない。そんなことをしたら三上の立場が悪くなる。ただでさえプライドが高い彼がするとは到底思えない。

「それは、なんとも」

薫は唇を噛み、視線を落とした。

「では謝るからと言われて、のこのこ居酒屋へ行き、勧められるまま料理とビールを飲んだ、というのだね。しかも彼のおごりで」

「いえ、違います。ちゃんと割りカンでした」

「君達のことは分かっているんだよ。署の者が多数あの居酒屋で君達を目撃しているんだ。君が金を払ったという事実は報告されていない。悪徳警官と言われても仕方ないだろ」

「それこそ誤解です。悪徳警官だなんて。自分はちゃんと払いました。目撃者が見落としただけです。そうだ、店長に聞いてみてください」

「言い訳は結構。それに例の時効になった男に酒をすすめられた。そのコップを手に取った。そういう目撃証言もあるんだ。本当はあの記事と同じことをしたのではないのかね？」

「確かに酒を勧められましたが、自分は飲んでいません。刑事生命をかけても誓えます」

「それじゃぁ世間は納得しないのだよ。どうであれ、君は取り返しのつかないことをしてくれた。正式に処分を言い渡す。茂野薫警部補は巡査部長に降格。そして減給二ヶ月。刑事課には残しておくが、その条件として、ほとぼりがさめるまでデスクワークに専念してもらう。これでも寛大な方だ。不服があるのなら、いつでも辞表を出してくれたってかまわないのだよ。ま、わたしとしてはそう願いたいがね」

薫は悔しさに拳を握った。

「辞表は出しません。出せば自分は悪徳警官だと認めることになりますから」

「ほほぅ。たいした自信だな。だが甘い処分もこれまでだ。次に不祥事を起こしたら、迷わず懲戒免職にする。いいね、茂野巡査部長」


署長室を出た薫は、内田課長に頭を下げた。

「申し訳ありません。自分のせいで課長にまでご迷惑をかけてしまって」

「いや、でもよかったよ。君が刑事課に在籍を許されて。犯人の検挙率では君はトップクラスだか
らね。早くデスクワークから現場に復帰してもらうのを待つばかりだよ」

思いがけない内田課長の温かい言葉に、薫は心から感謝した。

「ありがとうございます」

刑事部屋に入ると、誰もが心配そうに集まってきた。

「どうでした？」

薫は席につくと、晴れやかな顔をして、

「皆さん、ご心配かけました。これからは俺のことは茂野巡査部長とお呼び下さい」

「降格ですか！」

「ええ。でも大丈夫。また這い上がってみせますよ」

「で、課長はどうだったのですか？」

「なに、わたしもたいしたことはない。さ、それより仕事、仕事」

張り詰めていた緊張がとかれ、皆が席に着いたときだった。神崎刑事は薫のところへ来ると、

「さっき、茂野さんに面会の方がみえているって報告がありましたよ。席を外しているって言ったら会うまで帰らない、の一点張りで。木下さんとかいう」

薫は目頭を押さえた。だが行かないわけにはいかないだろうと重い腰を上げた。

面会室へ入ると、木下夫婦がそろって頭を下げた。

「茂野さん。昨日も申し上げましたが、憎い犯人と祝杯をあげていないなら、その証拠として誠実なお答えをください。娘を殺した男の名はなんというのですか？」

「申し訳ありませんがお教えできません。これが自分の誠実な答えです」

「ああ、やはりあなたは」

「誤解されているようですが、昨日も申し上げたとおりあの雑誌の記事は真実ではありません。くどいようですが自分は犯人と祝杯などあげていません」

「だったらなぜ犯人をかばうのですか？」

「かばっているのではありません。あなた方に罪を犯させないためです。もし犯人の名を知ったら、危害を加えに行かれるでしょう。ご遺族を犯罪者にさせるわけにはいきません」

するとと今まで黙っていた母親が涙ぐみながら口を開いた。

「娘は『今夜ボーイフレンド紹介するね』と言って家を出ました。それが娘の最後の言葉です。私

達は晩婚で、お互い四十を過ぎていました。この歳では子宝は無理だとあきらめていた矢先に授かったのが弥生でした。もう嬉しくて嬉しくて。弥生の成長だけが私達の生きがいでした。その弥生におつき合いをしているボーイフレンドがいるなんて、と主人ともども喜びました。ですが、そのボーイフレンドとの待ち合わせの場所に行く途中であんな目に。もし弥生が生きていたら、結婚して私達に孫を抱かせてくれたかも知れません。そして今年で四十歳。ちょうど刑事さんと同じぐらいの歳です。家族そろって幸せに暮らしていたことでしょう。そう思うと」

さめざめと泣く母親に薫は胸が締めつけられる思いがした。

「お気持ちはよく分かります。ですがお教えすることはできません」

「明日、また来ます」

薫は言葉を失った。

父親はふらつく妻をいたわるように支えながら面会室から出て行った。

――やりきれねぇな。

降格されたことも減給になったことも心にズシリときたが、毎日やってくる木下老夫妻の相手をするのは、身を切られるような思いがして逃げ出したかった。自分は両親を殺された子供という立場で時効を迎えた。確かに今でも犯人が憎い。でも木下老夫婦のように悲しみ嘆くようなことはない。これが子供を亡くした親の立場というものだろうか。

――じゃぁ、もし父さんや母さんは俺か梓が殺されたら、あの夫婦のように嘆き悲しみこんな行動を取ってくれたのだろうか。なんせ普通の家庭じゃなかったもんな。

両親の死後、遺品を整理していたとき、父と母の多数の日記帳が出てきた。どれも結婚してからのものだった。日記帳は鍵のついたものばかりだった。鍵をこじ開け読み出したとき、愕然とし、梓が泣いたのを覚えている。

日記には、父母のとんでもない本音が書いてあった。日記を要約すると、親同士が決めた見栄の縁談で恋人がいた両親は最愛の人と引き裂かれて結婚した。だが結婚はしたものの相性がひどく悪く、喧嘩が絶えなかった。そのうえ父はなにかと理由をつけては結婚前の恋人と逢瀬していた。その女性が妊娠したらしいと母が知ったときには既に彼女も身ごもっていた。胎児を堕胎して離婚し愛しい人のもとへ戻ろうとしたが、妊娠十八週目に入っていて、もう堕胎できなくなっていた。おまけに心音がだぶって聞こえるとのことで双子のようだという。

それを聞いた父は、「おまえ、畜生腹かよ」と、冷たく言い放った。やがて生まれた双子が、薫と梓だ。時同じくして、父と愛人との子が生まれたが、死産だった。父は母の双子の出産を喜ぶより、愛人との子が天国へ行ったことを嘆いた。しかし、愛情があって生まれた双子ではなかったが、父親としての最低限の責任は果たしていた。ただ、彼が名づけた薫という名も梓という名も、愛人との子がもし女の子だったらつける名前のリストの中からピックアップしたものだった。これが世を見ることなく散っていった我が子に対する彼なりの愛情表現だった。それ以後も父は愛人との関係を続けていた。やがて母も、同窓会で再会してしまった元の婚約者と焼けぼっくりに火がついて不倫するようになった。茂野夫婦は冷え切っていた。けれど離婚しないのは世間体と仲のよい双子の兄弟を片親にしないためだった。それが尊い命を生み、彼らの親になってしまった二人の責任だと自負していたからだった。

けど、双子は覚えている。自分達の前では仲良く振舞う両親も、夜中罵声を浴びせ合ったり父が母に暴力を振るったりしていたのを、隠れて見たり寝たふりしながら聞き、怖くていつも梓と抱きしめ合って布団の中で震えていた。

仮面劇場に幕が下りたのは、母が妊娠したことがきっかけだった。もちろん父との子ではない。母の不倫相手との子だ。母は堕胎せず生むと言った。その頃双子は大学生。もう大人だ。親としての責任からそろそろ解放されてもいいだろう。両親は離婚することにした。母は家を出、父は愛人を家に迎え入れることにした。

とそこまでで日記は終わっている。それを自分達に話そうとした矢先に通り魔に襲われ、担ぎ込まれた病院で息を引き取ったのだ。病院に駆けつけた自分達は初めて母の妊娠を、しかも異父の胎児と知り、また、父の遺品に母との離婚届と名の知らぬ女性との婚姻届がカバンに忍ばせてあったのを見た。そしてそのとたん、両親の死に顔を見たときに湧きあがった悲しみや犯人への憎しみが波がひくように醒めていったのだった。

そして両親の日記帳で改めて母の妊娠や父が持っていた婚姻届の相手が自分達の名前にかかわる女だと知ったとき、思った。

自分達は望まれた命ではなく、また、愛されて育てられたのではない。親になってしまった責任を果たしただけだったのだ、と。

——ずれた仮面の本心を知った今、そんな両親を殺した犯人が、もしあらわれたら。いったい俺はどうするだろう。木下夫婦のように激しい復讐心を燃やすだろうか。梓はどうするだろう。

ただ、木下弥生と自分達との決定的な違いは、彼女は両親に心から愛されていたということだ。


重い足取りで帰路につく薫は降りたったホームに面している売店に何気なく目をやった。

飲み物のコーナーにビールが並んでいる。

ふと、居酒屋ぽん太で三上と飲んだビールの味を思い出した。

「すいません、ビールをください」

「はいよっ」

冷たいビールを手渡され、薫は駅の隅で缶を乱暴に開けた。溢れてくる泡をなめ、ひと口飲んだ。おいしい。嫌な思いの続く憂鬱な一日だったが、それもゴクゴク飲んでいるうちに、胸の中でむしゃくしゃしたものがビールの苦味と共に咽喉を流れていく。やがて爽快な気分になった。

――あの両親がなんとか諦めて署に来なくなるまで願掛けのつもりでビールを飲もうかな。

ビールを飲む楽しさを知った薫は、なんだか気持ちが大きくなったような気がした。そればかりか、いつも苦しめられている歳をとることの恐怖でさえも、アルコールに侵食された頭では、ぼんやりとかすみがかったようで鈍くなっていた。

その夜、リビングで並んでソファに落ち着ちついている薫と梓は、テレビでクイズ番組を観ていた。

「ちっくしょう、俺の脳年齢は五十六歳かよ。これじゃぁもっと勉強しないと昇進できねぇな」

ポロっとこぼした言葉に、

「じゃぁおまえ、もう警部への昇進を考えているのか？」

「え、いや」

「応援するから頑張れよ」

と言うなり、梓は薫に口づけをした。そしてうかれる梓に、どうせすぐに分かるだろうと思い、

「実は、梓」

と、今日言い渡された処分について話をした。梓の顔がみるみる怒りを含んだ顔になる。

「三上の野郎、もう一発殴ってやらなきゃぁ」

激怒する梓に、薫は思わず微笑むと、

「ありがとう。そこまで俺を心配してくれて。だが隙を作った俺も悪かったんだから。それにおまえに暴力は似合わないよ。おまえ、三上に『医師免許剥奪覚悟でも俺を守る』って言ってくれたらしいけど、苦労して手に入れた免許だぜ。それにおまえは、多くの患者に必要とされているんだろ。俺の始末は俺がつける。だからおまえを慕う患者を裏切らず、医師生命をまっとうしろ。その方が俺は嬉しいから」

今度は薫の方から梓に口づけをした。すると、いきなり梓は口づけをしたまま薫を抱きしめ、彼の服の中に手を入れると、その素肌を撫で回した。そんな彼に、

「ここでひとつクイズといこうか？」

「なんだよ？」

「ここでヤルのがいい？　それともベッドの上の方がいい？」

「ベッドまで待てないよ」

「梓の性欲年齢十七歳」

「馬鹿」

二人はテレビから流れるクイズ番組の音をバッグに、快楽の世界へと入っていった。


茂野兄弟が住んでいるのは、築二十三年の木造平屋建ての家だった。塀は石垣で門には【茂野】という表札が掲げてあった。門を抜けると、広い庭がある。そこには、二人が休日に暇を見ては手入れしている四季折々の花々や木々が植わっており、緑に溢れていた。飛び石づたいに玄関へ行くと、赤い郵便受けがあり、住所と二人の名前が並んで書いてあった。

この家が新築され引っ越してきたときには、周囲に家があるのは珍しく裏山がある風光明媚な場所だった。直径二キロの土地にポツポツ建つ住宅、ポストと米屋、タバコ屋兼酒屋が点在していた。だが現在は町の宅地開発でちょっとした住宅街になっていた。

ここに引っ越してきた当時、茂野兄弟は休日になるとジョギングすることにしていた。以前住んでいたアパートのあった場所は、汚染された公害指定区域だった。そんな胸が悪くなるような空気の中で育ってきた彼らにとって、自然が溢れ、澄んだ空気に包まれたこの環境は、絶好のもので嬉しかったのだ。

現在は、梓の方は仕事に疲れて休日でも昼まで寝ていることがあり、ジョギングも疎遠になったが、薫は職業柄体力低下を防止するためたまに走っていた。

そして、待ちに待った非番の今日、久々にジョギングすることにした。あれから毎日署に来る木下夫婦の顔を今日は見なくてもすむのかと思えば気分は晴れやかだった。津中央大学病院へ出勤する梓を見送り、家を出た。爽やかな天気だ。気持ちがいい。新鮮な空気を胸一杯吸って深呼吸したときだった。前方にタバコ屋があるのが見えた。その店にはお酒も売っている。店の前にはビールの自動販売機とジュースの自動販売機が並んでいた。ふと、薫はビールの自動販売機の前に立った。

——願掛けしようっと。

薫は胸を弾ませ、急いで自宅に帰ると財布を持って自販機の前に立った。そしてビールを一本買うと、その場で飲んだ。やはり美味しい。薫は空き缶をゴミ箱に捨てて走り出した。が、十メートルも走らないうちに、また自販機に戻ってきた。

——もう一本ぐらいいいよな。今度はこっちのビールにしよう。いや、駅では売っていないこのサイズの大きい奴にしよう。

今まで酒を拒否し嫌悪していた薫を知る者がこのことを知ったら目を見張るだろう。こうして薫は、次第にアルコールの魔力に惹かれていくのだった。

その頃、梓は、津中央大学病院の循環器科で研修を受けていた。やはり橋医院に来る患者より、難度の病気を持つ患者ばかりだ。名前の聞いたこともない病名や治療法もある。

今日は臓器移植の手術に立ち会うよう池田教授から指示を受け、そのミーティングに参加した。

大学病院の医師達には、ちょっと歳をとったニューフェイスの梓を心好く思わない者もいた。いくら研修という名目であれ、優秀な医師と自負している自分達より、なぜ一介の町医者が池田教授に気に入られて連れて来られたのだろうか。彼らのそんな疑問には、教授の真意をはかりかねると同時に、梓に対して嫉妬心とプライドを傷つけられたという思いが含まれていた。

「麻酔科の橋本先生が急病なので、急遽大林先生に依頼することとなりました」

「よろしく」

と、挨拶をする大林先生は、針金のように細い黒ぶちのメガネをかけていた。

「そして、今週から来てもらっている茂野先生にも立ち会ってもらいます」

するとある医師が小馬鹿にしたように、

「日本では、臓器移植は十五歳以上からしか認められていないことはご存知ですね、茂野先生」

「はい。でも例外があるとも。大人ぐらいの体重がある十三歳から十四歳の患者なら」

「特例だよ。実際そんな患者はこの病院で扱った例はない」

梓は池田教授に、

「今日のオペは心臓移植ですか?」

「そうだ。十五歳の男子だ。君、臓器移植の経験は?」

「初めてです」

「やれやれ、これだから町医者は。いいんですか、教授。こんな素人まがいの医者を手術室へ入れても」

「わたしは茂野君を信じているよ。少なくとも君よりは腕がいい。不服なら君は外れてもらってもかまわんよ」

池田教授の言葉は絶対的だ。梓を馬鹿にしていたその医者も、すぐに口を閉ざした。

そのときだった。ノックの音がし、看護士に荷物を持ってもらっている、ひとりの初老の男が入ってきた。

「すまんね、遅くなって」

「とんでもありません、先生。わざわざありがとうございます」

池田教授はその男に頭を下げ、イスに座るようすすめてから、

「紹介しよう。こちらはわたしの恩師でもあり、今日の移植手術の執刀医として国立循環器センターからお招きした心臓病の権威である小野田先生だ。今回の手術はちょっと厄介なので特別に助けてくださるようお願いをした。その先生の技術を君達に見てもらいたい」

メンバー達にとって貴重な体験となるだけに、皆は顔を引き締めた。そして梓も初めての大舞台に、緊張と期待がまざった気持ちで手術に臨んだ。


「すごいんだよ、小野田先生のオペは」

梓は、未だ興奮冷めやまぬ勢いで薫に話しかけていた。

その日の夕食。テーブルには薫が作ったチキンラーメンと焼き魚、チーズとアボカドの野菜サラダといった梓の好きなものが並んでいた。すべて薫の思いやりだった。梓は続けた。

「通常なら心臓を取り除いてドナーの心臓を移植するんだけど、小野田先生は患者の心臓を見たとたん、まだ使えると判断して、ピギーバック法に切り替えるっておっしゃった。それはね、臓器移植用の心臓を元々の心臓におんぶさせるように移植する方法なんだ。つまり患者は、二つの心臓を持つことになる」

「そんなことして大丈夫なのか？」

「臓器移植すると拒否反応が起こるだろ。それを防ぐために多量の薬を何年も毎日飲まなければいけない。するとその薬の副作用で別の病状が出てくる。それを回復させるには薬の量を減らさなくてはいけない。そうしてその副作用が治ったら今度は薬を減らしたことによる臓器の拒否反応が起こる。普通なら人工心臓でも移植するだろうが、先生に言わせれば、移植した心臓の働きで患者自身の心臓が正常に動くようになれば、移植した心臓を取り除くだけで、人工心臓を移植しなくても普通の人と同じ生活を送ることができる。そうすればもう薬も飲まなくてもすむ。これは一種の賭けだけど、海外の医学会でもそういう事例があることが報告されているって。すごいだろ？」

「ああ」

「橘君の病院より一時間も長くバスに揺られての通勤だけど、研修に行かせてもらってよかったと思っている。大学病院で学んだことを橘君の病院で生かせたらなぁ」

薫は、熱弁を振るう梓を眩しそうに見ていた。彼は根っからの医者なんだと思いながら。そして少し羨ましくも思った。自分はといえば、雑誌の件で事件があっても現場に行けず、命じられたデスクワークと電話番。そしてまたあの、ハエのように追い払っても追い払ってもやってくる木下弥生の遺族の老夫婦の相手をしなければならないのかと思うと、うんざりした。

突然、薫が立ち上がった。

「どうしたんだ？」

「ちょっと出てくる」

「こんな時間にどこへ行くの？」

「自販機でビール買ってくる」

するとと梓は驚いて、

「おまえ、いつからビールなんて飲むようになったんだ？」

「ちょっとね。願掛けだよ」

「普通、止めるのが願掛けだよ」

「いいから行ってくる」

薫はそう言うと、夕食もそこそこにビールを買いに飛び出して行った。今朝ジョギングのとき、３５０ｍｌと５００ｍｌの缶ビールを飲んだことを梓は知らない。

引っ越してきた当時の夜の町は、電燈がポツリポツリと灯っていたとはいえ薄暗かったが、住宅が増えるにつれ、家の明かりで八時過ぎでも足もとが見えるほど明るかった。

帰ってきた薫の手は、３５０ｍｌの缶ビールを二本持っていた。

「なんだ、僕の分まで買ってきてくれたの」

出迎える梓に、薫は一瞬、えっ、という顔をしたが、次には躊躇しながらひと缶を梓に差し出し

た。嬉しそうに受け取る彼は、

「風呂上りに飲もう、な。おまえの分も渡してくれよ。一緒に冷やしておくから」

梓はビールを受け取ると、ご機嫌な様子で鼻歌を歌いながら冷蔵庫の中へビールを入れた。よほど嬉しかったらしい。薫といえば、本音を言うと二缶とも自分が飲むつもりだった。が、浮かれる梓に思わず苦笑しつつ、それより一刻も早くビールが飲みたくて、さっそく風呂を沸かし始めた。


今日も木下夫婦はやって来た。面会室へ通された二人は茂野薫巡査部長が入ってくると、そろって会釈した。そして母親は風呂敷包みをほどいてテーブルの上にアルバムを広げた。

「弥生は桃の節句のときに生まれたんです。見てください」

母親はアルバムを広げて茂野薫に見せた。

「これがお宮参りのときの写真です。で、こっちの方は初めてつたえ歩きをして」

写真の赤ちゃんが可愛いだけに、被害者の過去に触れるのはたまらなく心が痛んだ。

「お母さん、もうやめてください」

「じゃぁ教えてくださるのですね」

期待に声を弾ませる父親と瞳を輝かせる母親に薫は、

「アルバムはこんな風に使うものではないでしょう。小細工しても無駄です」

「こんなに頼んでもだめなのですか?」

「辛いのはあなた方だけではありません。自分の両親も二十年と数ヶ月前、殺されました。そう、おたくと同じ時効を迎えた遺族です」

「だったら、わたし達の気持ちが分かるはずです。茂野さんもご両親を殺した犯人を知りたいはずだ。違いますか？」

「確かにそういう気持ちがあることは否定しません。ですが復讐なんて、一番くだらない感情です。二十年たったのですよ。復讐に目をぎらつかせて、今お二人は幸せですか？」

「娘を殺されて幸せな親はいませんよ、誰だって」

「自分の死で生涯笑顔を失わせ、暗い日々を送らせたあげくに、敵を討たせる。大切な両親の人生をそんなふうにしてしまうことを娘さんは本当に望んでいるでしょうか？」

「娘の無念を晴らすことがわたし達の生きがいです。さぁ、教えてください。そいつの名前を」

——ここまで言っても分からないなんて。

薫は立ち上がると、面会室のドアを開けた。

「どうぞ、お引き取りください」

「また明日来ます」

父親のひと言に薫はげんなりした。


仕事帰りのビールがたまらなく美味しかった。薫は売店で買ったビールを駅の構内の隅で飲み、満足げに深呼吸した。願掛けのつもりで飲み始めたビールだったが日を重ねるにつれ習慣となり、今となっては飲むこと自体が楽しみとなったばかりか、休日に多量に飲んで快感を味わったことで、もはや仕事帰りの一本では物足らなくなっていた。今日も自宅とは反対方向にある自販機へ遠回りし大缶を二本買うと、その場で二本とも飲み干し、家路に就いた。

大学病院で研修するようになってから梓の帰りが遅くなった。案の定、今日も梓はまだ帰っていなかった。

夕食の支度をしながら梓の帰りを待つうちに、また飲酒欲求が襲ってきた。だが、もうビールを買う余裕はない。明日、貯金を引き出そうと、忘れないうちに通帳とキャッシュカードをカバンの中へ忍ばせた。

梓の携帯を鳴らした。今、津中央大学病院を出、バス停に向かっているという。薫は勇気を振り絞って帰りにビールを買ってきてくれと頼んだ。

「分かった。バス停前のコンビニで買って帰るよ」

と、快く承知する彼に感謝しつつ、薫は梓の帰りを、正確にはビールが帰ってくるのを心待ちにし、それでも落ち着かなくてイライラしながら部屋中をうろうろ歩き始めた。

ふと、カレンダーを見た。とたん、恐怖という稲妻が彼の全身を貫いた。誕生日まで今日で後二ヶ月だと気づいたからだ。

——怖い。

薫は涙を浮かべながら、両耳をふさぐと、悲鳴に近い声をあげ、外へ飛び出していった。

「嫌だ。嫌だッ。四十なんかになりたくないッ」

彼は涙を拭いながら、行く当てもなく走った。どこをどう走ったのかは覚えていない。ただ気がついたら酒屋の自販機の前に突っ立っていた。

――ビールが飲みたいッ。

薫は自販機のボタンを押した。お金を入れていないから当然ビールは出てこない。それでもボタンを押しまくった。

「ちくしょう、出て来いッ」

指、そして拳でボタンを叩くように押した。びくともしない自販機を、今度は蹴飛ばした。

「出てきてくれよう」

薫は自販機に額をこすりつけると、激しく泣き出した。そして少し落ち着き泣き止むと、肩を落としてバス停まで歩き出した。

梓がバスから降りてきたのは、薫がバス停に着いてから三十分ほど経過したときだった。

彼は薫の姿に、迎えに来てくれたと思って満面の笑みを浮かべた。

「ただいま。お出迎えありがとう」

「ビール買ってきてくれた?」

「え、ああ。また風呂上りに飲もうな」

無理矢理ビールを取り上げて、その場で飲みたい衝動にかられたが、薫は必死の思いで我慢した。

「なぁ梓。明日貯金おろして返すから、千円貸してくれないか」

「いいけど、もう今月分のお小遣い使っちゃったの」

「ん、立て続けに寿退社する婦警がいて。でさ、お祝いと送迎会をすることになってまだ足らないぐらいなんだよ。だから明日の昼飯代がなくてさ」

もちろん嘘である。

「お弁当作ってあげようか？」

「いいよ。チョコレートも食べたいし」

「相変わらず好きだね、チョコレート。分かった。家に帰ったら渡すよ」

薫の言葉を少しも疑わず、素直に千円札を渡すと言う梓に、薫はうまくいったと生唾を呑んだ。

「でも、ずいぶん待っていてくれたんじゃない？　明日、どんな事件があるかも知れないから、家でテレビでも観て鋭気を養っておいてくれても」

「今日で後二ヶ月だぞ」

「なにが？」

「四十の誕生日。そう思うと気が狂いそうに怖くなって、落ち着いてなんかいられなかった。早くおまえに会いたかったんだ」

――やはり、歳をとることにこだわっているのか。橘君が言っていたように、ウツが入っているのかも知れない。

「なぁ薫。四十歳突入の記念に、今度の誕生日に休暇とって温泉にでも行かないか？　温泉につかってマッサージしてもらってご馳走食べて」

「……風呂上りにビール飲んでもいいか？」

「もちろんだよ。あの、長野県にある白骨温泉に行きたいんだ。風景はいいし、お湯は真っ白なんだって。ねぇ、二、三泊ゆっくりしようよ」

「それも悪くないな」

前向きな薫の言葉に、梓は嬉しくなって彼の頭をくしゃくしゃっと撫でた。

そして翌朝――

目が覚めた薫は、激しい飲酒欲求に駆られた。時間はまだ四時三十分を過ぎたところだった。隣にいる梓は寝り込んでいる。

薫は静かにベッドを抜け出してキッチンへ行くと、昨日梓が買ってきたビールの空になった缶を拾い、一滴でも残っていないかと口をつけた。が、その期待は外れてしまった。

薫は自販機へ行こうとパジャマのまま梓に借りた千円札を手に外へ出た。

まだ暗い早朝の空気はひんやりとしていた。こんなところでビールを飲んだらさぞかし美味しいだろう。期待に胸を膨らませながら角を曲がったとたん、懐中電灯をぶら下げて犬の散歩をしている近所の主婦と出くわした。薫と彼女はペコンと頭を下げて挨拶をし合った。そのときの彼女の好奇な目に不快を感じた。

――やっぱり着替えてきたほうがよかったかな。

自販機の前に立った彼は奈落に突き落とされた錯覚を覚えた。自販機が購入停止になっていたのだ。隣のジュースの自販機は購入可能になっている。なのにどうしてビールだけ……

しばらく呆然と突っ立っていたが、朝日の陽光が差し込み始めるのを感じてハッとした。腕時計を見ると四時五十五分を回っている。もうすぐ新聞配達や牛乳配達がやってくる。それに今日はゴミの日だ。人通りも多くなってくる。六時半に出勤する梓だって起きるかも知れない。パジャマ姿でこんなところにいたらヤバイ。

薫は全速力で自宅に向かった。それでもビールのことが頭から離れない。

——そうだ、いつもより少し早く出て駅で買って飲めばいい。ついでに臭い消しにミントのガムでも買って噛めば、職場でもバレないだろう。

薫は、それを実行した。警察官でなくても朝から酒の臭いをさせていては、後々面倒なことになりかねない。今の薫は、それをちゃんと認識していた。そう、今の薫は。

松阪中央署に木下夫婦が訪ねてきたのは、午前十一時を回っていた。二人はいつものように茂野薫刑事に面会を求めた。薫は初めて『捜査が忙しい』と面会を断った。それでも木下夫婦は待つと言い張った。『いい加減にしてくれ』と、叫びたくなったが、『どうせ名前を聞かれるだけだ、いっそ会おう』と重い腰を上げた。

面会室へ入った薫は、一瞬、足を止めた。

木下夫婦が喪服姿でしかも母親は白い菊の花束を抱くように持っていた。夫婦に一礼されてハッと我に返った。

「ど、どうなさったのですか、その格好は」

「これから娘が殺された現場で供養をと思いまして。あの子の月命日なのです。それで茂野さんにもご同行いただいて」

「ちょっと待ってください。なぜ自分が？」

「わたし達の娘に対する想いを、あなたに直接見ていただこうと。襲われたときの娘の恐怖と苦痛、無念さを改めて肌で感じてくだされば、犯人の名を白状していただけるかと」

――白状って、これじゃまるで犯人扱いだぜ。

同情の念を通り越し、呆れて言葉を詰まらせた。と同時に、スクープ命の三上の姿がチラついた。感情的になり居酒屋で三上に遺族が来たことを言ってしまったことが気になった。

この夫婦は三上の記事を鵜呑みにしている。犯人の名を教えないことで、次第に犯人かその共犯者を前にしたような目つきと口ぶりに変化してきたことも気にかかる。

アルバムといい、喪服姿といい、本当にこの夫婦の思いつきなのだろうか。

もしバックに三上の存在があり、こうすれば落とせるぞ、と入れ知恵しているとしたら。祝い酒の記事の続編として、殺害現場で喪服の遺族と手を合わせる姿を記事にでもされたら、またも警察の威信と自分の名誉を傷つけることになる。

そう思うと次第に腹が立ってきた。

薫は顔を引き締めると、

「あいにくですがご一緒できません」

「なぜです。やましいところがなければ、堂々と行けるはずです。警察官は捜査と言えば、自由に外出できるのではないのですか」

「今の自分は勤務時間に気軽に外出できる身分ではありませんし、上司の許可なしに勝手な行動は取れません」

「じゃぁ、わたしがあなたの上司に頼んでみます」

「あいにく今は会議中です。自分は連絡係ですのでこれ以上持ち場を離れるわけにはいきません。それにどういう方法を取られても犯人の名はお教えできません。では失礼させてもらいます」

席を立つ薫に、母親が、

「この人でなしッ」

薫は肩越しに敵意剥き出しの母親を見、さらに彼女と同じ双眼をして睨みつけている父親を見た。

「殺された被害者の遺族は泣き寝入りかい。死んだ者より生きている殺人犯の方がそんなに大切かい。それともそんなに自分の立場を守りたいのかいッ。こんなに頼んでいるのに。こんなに頼んでいるのに。冷血人間ッ」

初めてここへ来た当時は涙ぐんでおとなしかった母親の罵倒。その鬼女の面持ちは、それが本来の姿か、薫が追い詰めて見せたものかは分からない。だが、薫にとっては、メソメソ泣かれるよりもよっぽど気が楽だし扱いやすかった。

「坊主憎けりゃ袈裟まで憎いって奴ですか。いいでしょう。でもあなた方も自分のやっていることがどういうことか、よく考えてみてください」

「明日も来ます」

「無駄です」

「でも来ます。わたし達が来ることがあなたを苦しめているぐらい分かります。でも遺族の気持ちが分からない刑事は人間以下です。最低ですよ。うんと苦しめばいい。わたし達はもっと苦しんでいるのだから。二十年間も」

刑事課に戻った薫は久しぶりに和やかな雰囲気になっている課に眉をひそめた。神埼刑事がなにやら面白い話をしているようで皆が笑っている。彼は薫に気づくとペコンと頭を下げた。

「ご苦労様でした」

「あ、ああ」

「またあのご遺族とのご面会だったのでしょ。毎日毎日大変ですね。いい加減諦めてくれませんかねぇ。茂野さん、よく我慢して応対していますよ。俺ならとっくに逃げちゃいます。やっぱ警察官の鏡ですよ、茂野さんは」

「そんなことないよ。それよりいったいどうしたんだ、この盛り上がりは?」

するとと真野刑事が、

「いや神崎君があんまり面白い話をするものだから」

「面白い話?」

「茂野さんも聞いてくださいよ。先週もらってきた俺ン家の子犬が洋犬のミックスで」

「ミックスって?」

「雑種のことですよ。で、あんまり可愛いから名前をオードリーってつけましてね。昨日初めて獣医に行って、そうしたら待合室に飼い主と愛犬がたくさんいて。それが皆バリバリの血統書付きの犬ばかりで。順番が来て受付の人に『このワンちゃんのお名前は？』と聞かれましてね。なんだか恥ずかしくてつい、『オーちゃんです』って言ってしまったのですよ。で、診察券が【神崎オーちゃん】って書かれてしまいましてね。いやぁ参りましたよ。そればかりか叔父さんから電話がかかってきたとき、オードリーのことを『ヘップバーンちゃんはお元気ですか？』って言われて」

皆は思わず吹き出した。

「そりゃぁオードリーといえば、ヘップバーンときてもおかしくないだろ。未だ有名な女優だからな。俺も好きだったぞ」

「へぇ、茂野さんも」

「ああ」

「茂野さん、オードリー・ヘップバーンが好みなら、結構理想が高いんじゃないですか。だからナイスガイなのに独身でいるとか。駄目ですよ、理想と現実を一緒にしたら。一生独身で終わっちゃいますよ」

「俺のことより、おまえはどうなんだ？　刑事になるとデートもままならんだろ」

「俺はまだ恋人募集中です。それで、オードリーを獣医から連れて帰ってきたら、学生時代のダチが二人俺ン家に遊びに来て、どんちゃんしたんです。そのときに恋愛経験告白っていうのをやったんですよ。そうしたら、三人ともそろいもそろって、同じ女の子に初恋していたって分かって。でも皆告白する勇気がなくて、他の男にさらわれちゃったんですよ。そんなこと話しているうちに深夜になっちゃって。今日は俺の家に泊まってもいいからとことん飲もうってことになって、ビールを買いに行ったんです。うちの隣、酒屋なんです。でも、ほら、ビールの自販機って夜十一時から翌朝の五時まで販売中止になって買えないでしょ。だからわざわざ車で近くのコンビニへ行って」

薫の胸がドキンと跳ね上がった。

「どこの自販機でもそうなのか?」

「ええ、そうですよ。でね、そうしたらあいつら……」

薫の耳には神崎刑事の言葉が入ってこなくなった。

『夜の十一時から朝の五時までビールは買えない』

――だから今朝は自販機が動かなかったのか。あのとき、あと五分ほど待っていればビールが買えたのだ。

思ったとたん、飲酒欲求が湧き上がった。

――ビールが飲みたい。

と、そのときだった。まるで薫の願いが届いたかのように昼休みの時報が鳴った。署員達は手足を伸ばし、弁当を持ってきている者はそれを広げ、外食組みは外へ散らばった。

薫も外へ出た。食事よりビールを買うことで頭は占められていた。彼は週刊誌のせいでここらに顔を知られている。素顔でビールを買うのは危険だ。そこで、近くの薬局でマスクを買うと、それをつけてコンビニのドアの前に立った。左から右へドアがスライドする。彼は店内へ入った。

昼休みとあってか店内は結構賑わっている。かえって目立たないかも知れない。薫は真っ直ぐビールが陳列されている冷蔵庫へ行くと、大缶のビール一本をカゴに放り込み、今度はおにぎりを二つカゴに入れ、レジへ向かった。忙しさのせいかバーコードを読み取る店員はろくに薫の顔も見ない。精算を済ませると、薫は商品を袋に入れ、一目散にコンビニのトイレへ駆け込んだ。缶を開ける音を水を流してかき消し一気に飲みだした。

――ああ美味しい。

あの不快な木下夫婦のことを忘れられるようで気分がよくなった。彼はひと息つくと、汚物入れに空になった缶を捨て、平然と署に戻ると、酒の臭いを消すために、おにぎりを食べ、婦警が入れてくれたお茶を飲んだ。

茂野梓は津中央大学病院の池田名誉教授にすっかり気に入られていた。最初は橘医院で見た手術の腕に惚れ込んだだけだったが、接しているうちに、誠実で礼儀正しい性格に好感を持った。そればかりか、他の医師にどんな嫌味を言われどんな嫌がらせを受けてもさらっと受け流す。四十歳手前という中堅クラスの医師は経験に頼る者も少なくはないが、梓は学生時代と変わらない向学心と情熱を持っている。そんな彼の姿勢が池田教授の心を打った。先日の心臓移植で彼を馬鹿にし悪態をついた医師達も、いつも穏やかな笑顔を見せている彼に次第に好意を寄せるようになった。

――彼がうちの大学の生徒で学生時代に出会っていたら、町医者になどしなかった。わたしの右腕として育てられたのに。いや、今からでも遅くない。なんとか正式に助手にしたい。しかし、今まで何度もそうほのめかしたが、橘医院へ戻るという意思は揺らぎもしない。

ため息をつく池田教授の部屋に梓が訪ねて来た。笑顔でイスに掛けるよう勧める池田教授は、

「ようやくここにとどまる決心をしてくれたのかい、茂野君」

「いえ。実は教授のお力をお借りしたくて伺いました」

「ほぅ。じかにわたしの部屋に訪ねてくれるほど重要なことを言いに来てくれたのかね。君の頼みならなんでも力になるよ。その代わり橘医院に戻らないと言ってくれれば、なお嬉しいのだがね」

「申し訳ありません。橘医院には人として守らなければいけない恩がありますので」

「律儀な男だな。なおさら手放すのが惜しくなったよ。まぁそれはともかく、いったいなんだね?」

「実は兄のことなのですが」

梓は、薫が異常なほど歳をとることに怯え、パニック状態に陥り、泣き出す始末だと説明した。

「これはウツが入ったものによる症状でしょうか」

「お兄さんはお幾つなのかね?」

「さ来月で四十になります」

「えっ、君もそれぐらいだと」

「双子なんです。二卵性ですが」

「そうかね。で、なにがきっかけでそういう状態に?」

「僕もよく分からないのです。最近、急に泣き出したかと思うと、歳を取ったら希望がないとか、なんだかマイナスなことばかり言って。手がつけられないのです」

「うむ。確かに普通の状態じゃなさそうだな。君の言うようにウツが入っているのかも知れない。怖いのは、それが高じて幻聴とか幻覚が見えてきた場合、統合失調症へと病状が進む可能性もある。

わたしの研究分野じゃないので無責任な判断はできないが、精神科の教授である荒田先生に紹介状を書いてあげるから、一度お兄さんを受診させなさい。手遅れになる前にね」

「ありがとうございます」

梓は深々と頭を下げた。

——やはり教授に相談してよかった。でも、精神科なんて、あのプライドの高い薫が素直に足を向けてくれるだろうか。

いつ薫にきり出そうか考えた。ぐずぐずしていると手遅れになってしまう。

——精神科へ行くと言わずに、健康診断に行こうと誘って精神科へ放り込もうか。でもそれが嘘だと分かったら、薫の奴激怒するだろうなぁ。

その夜、梓は重い足取りで帰宅した。出迎える薫に思わず首を傾げた。薫の双眼が微妙に揺れ、焦点が定まっていない。

——酔っぱらっているのか？

酒臭さを感じさせないようにか口を押さえ、そっぽをむいている。そう、梓の勘通り、薫は今、食欲が湧かないほどアルコールでお腹が満たされていたのだった。まず帰宅途中に駅で一本飲み干し、駅の反対側にあるタバコ屋の自販機で大缶四本と普通缶二本の計六本を買い自宅に帰ると、素早く着替えて、普通の缶二本を冷蔵庫に入れ、あとの大缶四本を立て続けに飲み干した。こんなに飲むのは初めてだった。

薫は、空き缶をビニール袋に入れるとベッドの下に隠した。そして満足そうに息をついた。ふわふわして気持ちがいい。このまま眠ってしまいたい。

その直後、梓が帰ってきたのだった。

「お帰り。俺、もう寝るよ」

「ご飯は食べたの?」

「今日はなんだか腹が一杯で。おまえには戸棚に入れてあるチキンラーメン。おかずはなしッ」

薫はくすくす笑うとふらつきながら冷蔵庫まで行くと、缶ビール二本を取り出し、一本を梓に渡してから、もう一本を飲み始めた。

「なぁ薫」

「ん、あ、千円ありがとう。おまえの机の上に返しておいたから」

「大切な話があるんだ」

「なんだよ、改まって」

「明日か明後日、休み取れないか」

「なぜ」

ビールを飲み終えた薫は、缶を捨てた。そのときふらついて床に転んでしまった。

「おい、大丈夫か?」

助け起こす梓は、薫がうとうとし始めているのを見て、ペチペチと頬を叩いた。

「おまえ、そんなになるまで酒飲んだのか?」

「飲んで、ねぇよ。ちょっと疲れただけ」

梓にそんな嘘は通じない。さっきビールを飲んだのも、それまで飲んでいたビールの気配をカモフラージュするためだろう。

――とにかく寝かせよう。

梓は、薫を抱えると寝室へと連れて行った。

「薫」

「ん……」

「休みとってくれよ。一緒に病院へ行こう」

寝室へ着くと、薫はベッドの上に身を投げ出した。

「なんのために。俺、どこも悪くないよ」

――なにより自由にビールが飲めないじゃないか。今は朝と帰りに駅の構内で、そして昼はコンビニで、帰宅途中には自販機で、好きなときにビールが買える。今日一万円を引き出したから、ビール代には不自由しない。けれど病院へ行くと自由に飲めなくなる。そんなのまっぴらだ。

「な、頼むよ薫。明日病院へ行こう。署には休みをもらうよう僕から頼むから。な、病院へ行けばうんと楽になるかも知れないよ」

「なにが楽になるんだ？」

「おまえが持つ不安だよ。特にもう歳をとることを怖がらなくてもすむかも知れない」

「明日、大切な会議があるから駄目ッ。それに俺はなにも怖くねぇよッ。お休み」

「おい、風呂は。薫」

梓の熱弁もむなしく薫は寝てしまった。

——いったいどうしたんだ。

梓は寝室の電気を消すと、キッチンへ向かった。彼はチキンラーメンを食べながら、ふと、あんなに酒を嫌っていた薫が夕食が食べられないほどビールを飲んだことが不思議に思えた。確かに最近ビールを飲むようになっていたが、これほど深酒するなんて。いったいどうしたというのだろう。歳をとることへの恐怖を紛らせるためなのだろうか、それとも昼間職場でなにかあったのだろうか。どちらにしろ、今はなにを聞いても無理だろう。

梓は重々しいため息をついた。深酒は一時的なものだろうが、それ以上にどう工夫すれば病院へ連れて行けるかを真剣に考えた。彼は食事をすませると、シャワーを浴びに浴室へと向かった。


激しい咽喉の渇きに目が覚めた。時計を見ると五時五分前だった。

『ビールの自販機は午前五時から買える』

神崎刑事の言葉がよみがえる。

薫は隣で寝ている梓を起こさないようベッドを出ると、ジャージに着替えた。そして小銭入れをポケットに忍ばせたときだった。梓が目をこすりながら起きてきた。

「ん、どうしたんだ、薫?」

あくびをしながら問う梓に、

「ちょっとジョギングしてくる。帰ったらもうひと眠りするよ」

「だったら僕も一緒に」

「おまえは寝ていろ。もし今日オペがあったら寝不足で手元が狂うぞ」

「そうだね。じゃぁもう少し休ませてもらうよ。気をつけて行って来いよ」

寝室に戻る梓に、薫はしめしめと思った。そして彼は家を出ると、タバコ屋の自販機目指して走り出した。吹き付ける初夏の風が心地いい。全速力で走ったので、背中や額から汗が流れた。

やがて自販機にたどり着くと、財布から小銭を出し、一枚一枚自販機に入れた。そしてボタンを押す。ガラガラという派手な音がし、大缶のビールが出てきた。取り出したときのビール缶の冷たさに、胸が高鳴った。生唾を飲む薫は、大胆にもその場でビールの缶を開けると、手元に溢れる泡をなめ、一気に飲み出した。冷たい液体が咽喉を通り抜け、胃を直撃する。

快感だった。

薫は空を仰ぐと、大きく深呼吸した。そして笑った。生きていることが楽しくなってくる。

──もう一本ぐらいいいよな。

再びビールを買って飲みいい気分になった薫は、自宅に向かって走り出した。

──今度は出勤時の駅で、だ。

そう思うと愉快になって、台風が去った後の爽やかな風のように、嫌なことはすべて吹き飛んでしまうのだった。

ジョギングから帰ってくると、梓はまだ寝ていた。もちろん彼は、薫のジョギングの目的がビールを飲むことだとは夢にも思っていなかった。

時計を見ると五時三十分を回っている。

薫はキッチンに立つと朝食を作り始めた。ご飯に味噌汁、納豆に焼き魚。作り終えた頃、梓が起きてきた。

「ああ、ありがとう。あれから寝にこなかったけど」

「目が覚めてしまって。汗もかいたことだし」

「じゃぁ、あとは僕がやっておくからシャワー浴びてこいよ」

「じゃ、頼むぞ。あ、それより先に食べていろ。遅刻するぜ」

シャワーを浴び、脱衣所に置いてある下着とポロシャツを着、ジーパンに足を通した薫は血の気が引いた。下腹が出てジーパンが入らないではないか。この前はいたときは、なんなくはいったのに。あれは、いつだっけ？　記憶の糸をたどる。先月、橘が招待してくれたホテルマーメードへ行く前夜だ。それ以来だから、その間にこんなに肉がついたというのか。

最近スーツのズボンもきつくなってきたな、と思った矢先のことだった。

――これって、中年太りか。いや、ひょっとしてこれが俗に言うビール腹なのか。

急に怖くなった。

いや、これは悪い夢だ、と強引に自分を納得させて、再び恐る恐るジーンズをはいたが、太腿から腰回りにぶよんとたるんだ贅肉が付いていて、ボタンを止めるどころか左右を重ねることすらできなかった。

「薫、まだシャワー浴びているのか。そろそろ来ないと遅刻するぞ」

扉の向こうから梓の声がした。

「ああ、今行く」

快活に返事したものの、ジーパンが入らないことのショックは激しかった。

——願掛けだ。あの木下夫婦が来なかったら、毎日ビールを飲むことはなかったろう。

そしてこんなにエスカレートすることも。

薫は歯ぎしりをした。

「ちくしょう」

あの夫婦が疫病神のように思えた。たとえ逆恨みと分かっていても——そして自分にビールを飲ませた三上。あれがなかったらビールに手を出すこともなかっただろう。改めて三上の記事を憎んだ。でも今となってはビールなしではいられない。胸の鼓動が高鳴って、熱い涙が頬を伝った。彼は着ているものをすべて脱ぎ捨て、バスローブをはおってその場を後にした。

「あれ、着替えなかったの？」

バスローブ姿で出てきた薫に、梓は声をかけた。

「直接出勤前のスーツを着る」

「そう。早くしろよ、朝食食べよう。大切な話があるんだ」

まさか、ベッドの下に隠してあるビールの空き缶を見つけられたのか、と薫は内心ビクリとし、こっそりベッドの下を見たがビニール袋に入れた空き缶はそのままあり、ホッと息をついた。着替えてキッチンへ行くと、梓がテーブルについて待っていた。

「なんだよ、大切な話って？」

そう言って味噌汁をすする薫に、

「怒らないで聞いて欲しいんだ。明日、僕が研修している津中央大学病院へ受診しに来て欲しいんだ。おまえに、ウツの症状が出ている。このまま放っておくと」

「ちょっと待て。俺のどこがウツなんだ」

「歳を取ることに対して、異常なほど怯えるところさ。教授に相談した結果、精神病のプロの教授を紹介してもらった。教授や僕の顔を潰さないためにも、診察に来てくれ。僕も付き合うから」

「おまえ、俺が気が狂っているとでも言いたいのか。精神病なんて、三上に知られればまたなにを書かれるか。それに署の者達になんて言えばいいんだ。おまえ、俺をこれ以上笑い者にしたいのか」

「そんなの偏見だよ。心の病。簡単に言えば心に風邪をひいちゃった人がかかる病気でもあるんだ。だから」

「で、病院へ行ったら、四十になるのを止めてもらえるのか。ふざけんな。ただの気休めのおべんちゃらなんて聞きたかねぇよ」

「そんなの受診してみなければ分からないだろう？」

「その、教授やおまえの顔を潰させないために行けっていうのか、え。俺の気持ちも知らないくせになにが精神科だ。俺に偏見を持っているのはおまえらの方だろう」

激しい口調になる薫に、梓は、

「落ち着いて聞いてくれよ」

「黙れッ」

薫は分かっていた。これは八つ当たりだと。ジーパンが入らなかったことへのショックが今でも心にこびりつき、イライラさせるのだ。今はいているズボンも苦しくなってきた。さっき飲んだというのに今でも飲酒欲求がある。その上精神病院へ行けだなんて、彼のプライドは滅茶苦茶だった。

薫は立ち上がると、カバンを持って玄関へ向かった。

「おいちょっと待てよ。まだ六時過ぎなんだよ。そんなに早く」

「俺は死んでも行かないからな。それで教授の顔を潰すとか、おまえの立場が悪くなるっていうのなら、俺がじかにその教授に話をつけてやる。それならいいだろッ」

そう言い放つと、薫はすがる梓を振り切って出て行った。

薫が病院へ行きたがらないのは精神科を受診することへの少しの怯えと、さらには病院へ行っている間、ビールが飲めないからだった。

勢いで飛び出したものの、薫は少し後悔した。

——こんな時間、駅の売店はまだ開いてないだろうな。

彼は駅とは逆方向のタバコ屋の自販機へと向かった。そこでまた大缶のビールを買ったときだった。なぜだか近所の主婦達が通りかかった。薫は慌てて自販機のすみに隠れると、一気にビールを飲み干した。味なんて分からない。脂汗が出てきた。なんとか彼女達に見つからないように、と願うばかりだった。

だが、その願いもむなしく、

「あら、茂野さんおはようございます」

薫は顔をひきつらせながら空き缶を後ろに隠し、

「おはようございます」

と挨拶した、とそのとき、ゲップが出てしまった。爆笑する主婦達に、薫はカアッと赤面した。

「茂野さん、お身体大切に。あ、でも弟さんがお医者様だから大丈夫よね」

そう言い流して彼女達は去っていった。

薫は、空き缶をゴミ箱に捨てると、ドッと気が重くなった。主婦達の言葉に含まれるトゲにプライドという風船が割られたような、そんな錯覚を覚えた。が、それでも薫の飲酒欲求は止まるどころか、いっそう強くなった。

駅に向かって歩いていくにつれ、心地よい酔いに気持ちが大きくなってきた。駅に着くと売店のシャッターが開かれるところだった。

「あ、すみません」

薫が売店のおばさんに声をかけると、

「はい、いつものね」

と、ビールを一本手渡された。薫はそれを買って、いつものように構内の隅で飲みながら【まずいんじゃないかな】と思った。売店のおばさんはすっかり自分の顔と買う物を覚えている。そしてさっき出くわした主婦達の言葉も気にかかる。よからぬ噂や中傷でもたっていたら——

だが、もしそうであっても、薫はもはやビールなしではいられなくなっていた。朝、目が覚めてから夜寝るまで、頭の中はビールで占められ、お腹一杯飲んで頭がふわふわするほど酔うのがなにより快感だった。

薫は空き缶をゴミ箱に捨てると、ミントのガムを噛みながらホームへと向かった。

列車内でも人々の目が気にかかる。視線を巡らせると、サラリーマン、学生達に混ざって、同じ署の警官がいるのに気づいた。その彼が、じっと薫を見つめているのにギクリとした。

――こいつ、なぜそんな目で俺を見ているんだ。まさか。

薫は、視線を男からスライドさせ、恐る恐る視線を戻すと、え？　と目をこすった。さっきの男がそこにいなかったからだ。

――幻覚。そんな馬鹿な。

薫は一抹の不安を感じながらいつもの駅で降り、署へと向かった。

そんな生活が一週間ほど続いた。あいかわらず木下夫婦はやってきたが、薫は研修のため県外へ出張中との口実をもうけ、ガンとして会おうとはしなかった。

やがて、薫にとっても梓にとっても人生の転機を迎えるときがやってきた。

いつものように、昼休みにコンビニへ行き、おにぎり二つとビールを買った。しかしビールは一本ではなく二本になっていた。さっそくコンビニのトイレで飲もうと思ったが、トイレの前に二人並んでいる。時間がかかりそうだ。このままでは昼休みが終わってしまう。

薫は仕方なくコンビニを後にすると、署まで駆けて行った。

――早く、早くビールが飲みたい。

頭の中は飲酒欲求で一杯だ。飲むことを想像すると胸はキュッと締めつけられた。咽喉はカラカラになりゴクリと生唾を呑んだ。が、署の玄関にたどり着いた薫はギョッとして凍てついたように足を止めた。木下夫婦と鉢合わせてしまったからである。

「ああ、茂野さん。やっと出張から帰ってみえたんですね」

嬉しそうに駆け寄ってくる木下夫婦に、薫は顔を強張らせた。

「お願いです。あなたしか頼りになる人はいないのです。弥生に酷いことをした犯人の名を教えて下さい」

とうとう薫は切れてしまった。

「いい加減にしてくださいッ。まるで蛇みたいだな、あなた達の執念は。実に不愉快だッ」

開口一番凄まじい剣幕で怒鳴りつける薫に、木下夫婦はビクリとした。

今の薫は誠意ある警察官ではなくなっていた。もはや二人のことはどうでもよかった。とにかく、一秒でも早くビールが飲みたくて、頭に血が上っていたのだ。

「本当にいい加減にしてください。名前を聞いてどうするのです。ああ、復讐が生きがいだとおっしゃってましたね。そんなに刑務所に入りたいのですか。くだらない」

夫婦は言葉を失い、愕然と薫を見つめていた。薫は続けた。

「そのお歳で手を血に染めて地獄に落ちるより、同じ染めるなら娘さんのところへ逝って天国で彼女に会うほうをお勧めしますよ」

なんという残酷な言葉だろう。木下夫婦という格好のハケ口を見つけてこれまでのあらゆる鬱憤が爆発したのだ。そしてなにより早くビールが飲みたかった。

「だいたい狙われる隙を作った娘さんにも問題があるのでは。当時女子大生だったのでしょう。露出度の多い服を着て男に色目を使い、挑発して遊ぶ年頃じゃないですか。ボーイフレンドと待ち合わせっておっしゃってましたね。彼女もそんな女じゃなかったんですか。それに警察は暇じゃないんです。二十年前の既に時効になったかび臭い事件より、今苦しんでいる女性を救うので手一杯なのです。もう二度と来ないで下さい。本当に娘さんの冥福を祈るならね」

薫は絶句して固まっている木下夫婦にそう言い放ち、急いで署のトイレへ駆け込むと、期待に手を震わせながらビールの缶を開け、一気に飲み干した。

「ああ、美味しい」

薫はうっとり目を閉じ、ひと息ついた。

ふと腕時計を見ると、後四分で休憩時間が終わる。

——ヤバイ。

薫はもう一本のビールを飲むと、おにぎりもその場で食べ、無糖の缶コーヒーを飲んだ。

空き缶の始末に困ったが、トイレの隅に置くと、ぎりぎりセーフで刑事課に戻った。

なんだか酔いが回ってきた。

——今度は帰りだ。

自然に笑みがこぼれてくる。

「茂野君」

突然内田課長に呼ばれ、立ち上がった薫は、神崎刑事のイスの足につまずいて、転んでしまった。しっかりしているつもりでも、酔いが回って足がもつれたのだ。

「だ、大丈夫ですか」

「悪い」

座っていた神埼刑事に助け起こされた薫に、内田課長は、

「ちょっと会議室まで」

と、言うと部屋を出た。いつになく厳しい内田課長に、薫はさして警戒もせずに後に続いた。そして会議室に入ると、内田課長は鍵をかけ、まっすぐ薫を見た。

「茂野君。上着を脱いでみてくれないか？」

「えっ」

内田課長の真意が分からず、戸惑いながら上着を脱いだ。

「やはりな。もういい」

「いったいなんですか？」

「そのズボンがはけなくなるまで、そう時間はかからないだろうな」

「どういう意味です？」

「まぁ掛けたまえ」

勧められるままイスに掛ける薫に、

「このところ君の様子がおかしいことに気づいてね。三日ほど前からわたし自ら監視させてもらっ

たよ。さっきの木下さん達に対する態度、いったい君はなにを言ったか自覚しているのか？」

飲んだばかりのアルコールに侵食された頭は、もはや自分があの老夫婦に言った言葉など覚えていなかった。休憩時間内にビールを飲みたくて頭に血を上らせていたことは覚えているが――

「人の心を踏みにじるほど、ビールが飲みたかったのか？」

そのひと言に、薫は心臓をわし掴みにされた錯覚を覚えた。

――あんなに気を遣ったのに、バレていた。しかも課長に。

「いえ、自分は飲んでは」

「潔白と言うなら、今から交通課のアルコール検査を受けてみるかね」

「……」

「警察官が勤務中に酒を飲むなんて、マスコミに、特に君の友人の三上とかいう男に知られたら、どんな記事を書かれるか考えてみたまえ。君だけの問題じゃない。勤務中に酒を飲むなんて。日本中の警察がダメージを受けることになる。この前の週刊誌以上の不祥事だ」

「……」

「まず、おかしいなと思ったのは、君の勤務態度が荒くなり、ソワソワとしょっちゅう時計を見ているのに気づいたときだ。昼食は必ず外へ出て行く。で、戻ってくるとやたらに口臭を気にし、午後には虚ろな目で、ひどいときにはうとうと居眠りすることがある。そして体形の変化だ。暑がりの君が初夏だというのに、決して上着を脱がない。いくら隠したってふとした動作で分かるものなのだよ。今のズボン、きついだろう。あれほどスタイルのよかった君が急に腹回りに肉がついた。

中年太りになりやすい年頃にしてもずいぶん短期間で腹が出てきた。そればかりか、さっき上着を脱いでもらって分かったが、ズボンのボタンがはちきれそうなほど腰や腹が水太りで醜くなっている。まあ、毎日あれほどビールを飲んでいれば納得もできるがね」

薫は下唇を噛み、視線を落とした。

「たまたまあのコンビニで巧妙な集団万引きがあってね。その犯人が私服だが常連の女子高生達のようだから、決定的な瞬間を捕らえたいので一緒に監視ビデオを見てくれと頼まれてね。本来なら少年課の仕事だが、その店長というのがわたしの学生時代の後輩なんだ。それで店の二階で店長とテープを見ていたんだが、万引き犯よりショックな人物が映っていたよ」

薫はまさか、と息を呑んだ。

「いやぁ一瞬、我が目を疑ったよ、ビールを買っている君が映っているのを見たときは」

「他人の空似でしょう」

――そうさ、マスクをつけていたんだ。大写しされない限り俺と分かるわけがない。課長のハッタリだ。

「他人の空似か。マスクをして顔を隠していたことで強気なんだろうが、わたしの目はごまかせんぞ。毎日昼にレジを任されている店員は、幸いにあの雑誌を読んでいなかったらしく、君の素性までは知らなかったが、聞いてみると、『この客なら、最近毎日昼に来て大缶のビールとおにぎりを買っている』と証言してくれた。君は気づかなかったろうが、店の隅に隠れて君が来るのを待っていたんだ。昨日から大缶を二本も買うようになったね」

内田課長の口から吐き出される言葉が何本もの矢となって胸に突き刺さった。次に薫の頭を支配したのは罪悪感だったたか？

否である。もう昼休みにビールが飲めなくなるのでは、という、絶望感だった。

内田課長は続けた。

「今のところ、このことを知っているのはわたしだけだ。幸い君は自動車で通勤していないから飲酒運転の心配はない。今は飲酒運転による事故が多発し、規制も厳しくなっている。警察官が飲酒運転をすれば、即刻懲戒免職だからね。だが、勤務中の飲酒も例外ではない。わたしが署長に報告すれば、君は即刻今日付けで懲戒免職だ。退職金も出ない」

「では、自分はどうすれば」

「簡単なことだ。ビールを止めればいい」

薫は思わずカッとなった。

「んな、ビールを止めるだなんて。どこが簡単なのですかッ」

「しばらく休暇をとって、精神科のアルコール病棟へでも入院したまえ。このままだと職を失うだけではすまなくなる。今の状態を続けていれば肝硬変になり命を落とす危険もあるのだぞ。これが、君に対するわたしの最後の忠告だ。君は優秀な刑事だ。それを『だった』、と過去形にしないでもらいたい。これ以上わたしを失望させないでくれ。話はそれだけだ」

言い終わると内田課長はまっすぐドアへ行き退室した。

「ちくしょっ」

薫はドン！　と両手で机を叩いた。

――もう昼にビールが飲めない。そんなの我慢できるわけがない。でも、でももう飲めないんだ。

まるで、崖縁に立たされたようで熱い涙が頬を伝った。梓も精神病がどうのこうのと言っていたのを思い出した。

――誰もが俺をおかしいというのか？

薫はこれほど皆に言われても、自分がおかしいとは思っていなかった。むしろ自分は心ない人々にいじめられているような気がしていた。

――ビールだって、勤務中ではなく休み時間に飲んだだけだ。言いつけ通りデスクワークを真面目にやっている。パトカーにだって乗っていない。なのに、なぜ責められなければならない。

そう考えると、内田課長に対するどうしようもない怒りで頭にカァッと血が上り、イライラしてきた。彼は立ち上がるとイスを蹴飛ばし、会議室のドアへ行くと激しい音を立てて出て行った。


「そうかね。お兄さんは精神科の受診を拒否したのか」

池田名誉教授の元を訪れた茂野梓は、唇を噛み締めながら頭を下げた。

「僕の力不足です。こっちから言い出しておきながら、教授のご厚意を無にしてしまい、まことに申し訳ありません」

「君のせいじゃないよ。頭を上げて、腰掛けなさい」

イスに腰掛ける梓に、

「双子とはいえ君とは正反対の性格らしいね。お兄さんは人一倍プライドが高い人じゃないかね。精神科と聞いてショックを受けたのだろう」

「激怒されました」

「バリアフリーが浸透しつつある世の中だが、精神病と聞けば偏見を持ってしまう人も少なくはない。きっと、お兄さんもそうなのだろう。ところで、今日で君の研修期間が終わるわけだが」

「はい。一ヶ月間、本当にお世話になりました」

「そこで、外科医の皆が送別会をしたいと言ってきたが、その必要はないと断った」

「皆さんのお気持ちはありがたいのですが、教授のおっしゃる通り、僕はここの職員ではなくただの臨時の研修医みたいなものです。送別会なんて」

池田教授は腕時計を見ると、

「お、そろそろご到着だな。茂野君、一緒に来てくれないか」

と言って立ち上がった。

あんなに自分に中央病院に留まるよう説得していた池田教授が、研修最後の日だというのに、やや浮かれているのが不思議だった。

——ようやく諦めてくれたのかな。それにしても様子が変だ。

梓は少し緊張して教授の後について廊下を歩いていた。通りかかる医師や看護士が池田教授に会釈をする。梓は、改めて教授の偉大さを感じ、目をかけてくれたことに対して感謝し誇りに思った。

面会室まで来ると、池田教授は振り向き笑顔を向けた。

「さ、入りたまえ」

勧められるまま面会室に入り、目を見張った。橘医院の院長と彼の息子で梓の親友である副院長がソファに腰を下ろしていたからだ。彼らは池田教授を見ると立ち上がって一礼した。

「よくお越しくださいました。まぁお掛け下さい。茂野君、君も」

皆がソファに落ち着くと、池田教授は、

「橘さん。この度はわたしの身勝手なお願いを快く聞き入れて下さいまして、なんとお礼を申し上げたらよいのか」

「とんでもありません。お礼だなんて。うちの病院としても名誉なことです。茂野先生にとっても」

「あのう、どういうことですか？」

会話の意味が飲み込めない梓は、思い切って口を挟んだ。すると池田教授はにこにこしながら、

「週に二回。君をこの病院に出向医師として勤務させてもらうよう、橘さんにお願いしたのだよ。それなら君も不服はないだろう」

思いもかけない言葉に、梓の鼓動が高鳴った。しかし、手放しで喜んでいいのだろうか？

「院長、僕は橘医院に骨を埋めるつもりで」

「茂野先生。ぜひ教授の話を受けてくれたまえ。これは橘医院のためでもあるのだ。こんな立派な病院のお墨付きの外科医が我が病院にいるとなれば、今まで以上にいい宣伝になるし、格も上がる。君だってより勉強ができるだろう。それこそ一石二鳥じゃないかね」

「そうだよ、梓君。正直父は、もう君は戻ってこないだろうと思っていたらしい。でも僕は信じて

いた。でも君がいなかった一ヶ月間は患者さん達に誤解されて、『なぜ茂野先生を辞めさせたのだ』って、非難ごうごうだった。『辞めたのではありません。勉強に行っているのです。一ヶ月たてば戻ってきますよ』って、納得してもらうのに大変だったのだから。改めて君の偉大さを思い知ったよ。君は患者さん達に必要とされているってことに」

梓は医者冥利につきる思いがし、感激した。

次に口を開いたのは、橘院長だった。

「そんな矢先、教授自ら橘医院を訪ねてこられてね、『ぜひ君を譲ってくれ』って頭下げられたときは、やはり手放すしかないのかと諦めた。けれど、そのとき教授が、『何度残るよう頼んでも、ガンとして研修期間を終えたら橘医院に戻ると言っている』と聞いてね。お互いのためになる方法を、と考えたのが週二日の津中央大学病院への出向医師となることなんだ。引き受けてくれるね」

――こんなに自分を買ってくれているなんて。

願ってもない申し出に夢かと思い、目が潤んだ。梓はここにいるすべての人に感謝した。

「断る理由はないね、茂野君」

溢れる熱い涙を拭いながら、梓は立ち上がると深々と頭を下げ、承諾したとの旨を伝えた。

医師として絶頂期を迎えているばかりか、明るい未来を約束され、人生を駆け上がっている弟の梓とは対照的に、兄の薫は確実にひとつずつなにかを失い、破滅の道をたどっていた。

その夜、薫は梓の帰宅をリビングで寝そべってテレビを観ながら待っていた。その手にはビールの缶が握られている。

駅から自宅へ帰る途中、梓から外で夕食をを食べて帰ると携帯に電話があった。それをを聞いた薫は、その足でタバコ屋の自販機へ行った。この間引き出した一万円は既にビール代に変わっていた。そこで彼は帰宅途中で貯金を引き出した。そのお金で普通サイズの缶を七本買ってその場で三本飲み空き缶を捨てると、残りのビールを自販機に備え付けてあるビニール袋に入れ、足早に家に帰った。そして夕食も摂らず、買ってきたビールをゆっくり味わいながら一本ずつ飲んでいた。そして、最後の一本の缶を開けたときだった。玄関が開くと同時に梓の大声が聞こえた。

「ただいま」

薫は慌てて三本の空き缶をソファの後ろに隠した。

「薫。おまえの好きなお寿司を買ってきたぞ」

弾んだ声でリビングに入ってくる梓は、ご機嫌だった。彼はお寿司の折り詰めを二つとビニール袋をぶら下げていた。

「おまえ、食ってきたのじゃあなかったのか？」

「やっぱりおまえと食べたくて。おまえ夕飯まだだろ。それとビール買ってきた……あれ、おまえビール買ってきたのか？」

「ん、今夜はちょっと飲みたくて」

「実は僕も一番高いビール買ってきたんだよ。祝杯だよ、祝杯」

「ああ、今日で研修終わったんだったな。ご苦労様」

「ありがとう。キッチンへ行くの面倒だし、今夜はここでお寿司食べよう。ビールで乾杯して。今日ね、すっごくいい事があったんだ」

梓は、お寿司を食べながら薫に今日の出来事を興奮気味に話した。薫は、うつろな目をして聞いていた。ビールの飲み過ぎで食欲がなかったが、不審に思われないために無理矢理お寿司をほおばった。熱心に語る梓の声が、酔いによってだぶって聞こえる。だがおおよその内容は聞き取れた。

「津中央大学病院の勤務は火曜日と金曜日なんだ。橘医院との掛け持ちは大変だけど、やりがいあるし、こんなに僕を必要としてくれるなんて、ありがたいと思わないか？」

「おまえの腕と人徳だろう。よかったな」

「おまえも早く警部補に復帰し、やがて警部になることを心から祈っているよ。頑張れよ」

「ああ」

「おまえは今日どんなことがあったんだ？」

薫はギョッとした。だが本当のことなんて言えはしない。

「地味なデスクワークさ」

そう流して自販機で買ったビールを飲み干すと、今度は梓が買ってきたビールで二人は乾杯した。

その夜――

興奮して寝つけなかった梓は、月明かりで淡く映し出された薫の寝顔をじっと見つめていた。無防備なその顔は、幼い頃と変わっていない。

梓はそっと薫に口づけをすると、愛しそうに彼を抱きしめた。と、そのときだった。梓は、え？

と抱く手を止め、薫の腰から腹部のたるみに息を呑んだ。この前、脳年齢のクイズのときに抱き合ったとき、いつもの薫とはなにか違和感があった。以前、『滅茶苦茶にしてくれ』と言ってきたときより腹が出てきたのじゃないかと不安がよぎったが、今、眠っている薫の腹回りはあのとき以上に膨れ、パジャマのズボンから贅肉がはみ出していた。

——いったいどうして。

最近飲み始めたビールのせいだろうか。いや、だったら自分だって同じような体形になるはずだ。それに泥酔するほど飲んだのは一度だけだ。後はたまに一本飲むぐらい。それぐらいでこんなになるわけがない。それともいくら双子だからっていっても二卵性だ。体質が違うのかも知れない。薫の場合若いうちは筋肉質でも、年齢を重ねるにつれ太りやすい体質なのかも——

——でも、薫だって気をつけているはずだ。毎朝汗をかくほどジョギングしているのだから。

梓はふと、このままジョギング帰りにシャワーを浴びた薫が服を着ずバスローブでスーツに着替えに行ったことを思い出した。

——以前よくはいていた、身体にフィットした細身のジーンズ、あのとき既にきつくて入らなくなっていたのでは。

梓は祈らずにはいられなかった。薫の中年太りをなんとかしてくれ、と。これが原因でまた歳をとることへの恐怖心が大きくならなければいいのだが、と。

——なにより薫自身、毎朝ジョギングして前向きに努力しているんだ。快方に向かうさ、きっと。僕ができることは、食事のカロリーに気をつけてやることと、ビールを控えさせてやることぐらいだけど、こいつの腹がへこんでまたあのジーンズ姿が見られるまで、僕自身も断酒しよう。

いつものように薫がジョギングに行った後、梓は久しぶりにゴミ出しをしようと用意していた。津中央大学病院に研修に行っている間、こういったことは薫に任せっきりだった。通勤時間が半減する橘医院に戻る今日ぐらいは、自分がしようと早起きしたのだった。

しばらくして、薫がジョギングから帰って来た。

「ただいま、梓。ああ疲れた。シャワー浴びてくるよ」

今日も浴びるようにビールを飲んできた薫はそれを梓に悟られないよう彼を避け、浴室まで一直線に歩いた。が、酔いが回った身体は荒い呼吸で肩が上下しフラフラしていた。かなり酔っているようだ。そんな彼の後ろ姿を見送る梓は、それを走ってきたことによる疲れと誤解し、

「ジョギングもほどほどにしろよ。シャワー浴びたらゆっくり休めよ。僕、ゴミ出ししてくるから」

「頼むよ」

梓はゴミ袋ひとつぶら下げて、外へ出た。

——あんな腹になったから、薫の奴、ショックだろうな。体形が崩れてきたって、また歳のことで苦しむかも。しかし、どうして急にあいつだけ……

「でも努力しているんだ。やっぱり僕が食事面でダイエットに貢献してあげよう」

そう決意した梓は、気分を切りかえた。清々しい初夏の空気と久々に古巣である橘医院に行くのが嬉しくて、鼻歌のひとつでも出てきそうだ。

ゴミ収集場へ着くと、立ち話をしている主婦達に出くわした。

「おはようございます」

愛想よく挨拶する梓に、主婦達はいつもとは違い、異様な目でジロジロ梓を見てなにかささやいた。不審に思った彼は、

「あの、なにか?」

「茂野先生が橘医院に帰ってこられると聞いたものですから。やはりお兄さんのことでなにか……」

「ああ、あのでたらめな記事のことですね。まったく関係ありません。津中央大学病院には週に二日だけ出向することになったのです。それ以外の日は橘医院にいます」

「すごい出世ですね。それに比べてお兄さんの方はビール漬け」

梓は思わず眉をひそめた。

「ちょっと待って下さい。それってどういう意味ですか」

するといかにも噂好きの主婦が、

「先生ご存知ないのですか。お兄さん、毎朝、自販機の前で二、三本……」

「あら、私なんかお兄さんが夜、自販機で買った大量のビールを、それも大缶ですよ、空を見上げながら飲んでいるのを見ましたよ」

「私の主人が言っていたのですが、駅の売店で毎日ビールを買ってこそこそ飲んでいるって」

「いつだったか、明け方、犬の散歩をしていたときに、パジャマ姿で自販機蹴飛ばしているのを見ましたよ。今朝だって何本も飲んでおられたし」

梓の頭の中は真っ白だった。

「ここらでは、いい笑いものになっていますよ。警察官って、アルコールには厳しいのでしょ。また週刊誌に書かれたら、大変でしょうにね」

「別居なさった方が……だってお兄さんがアル中だなんて、先生の名前に傷がつくじゃないですか」

「ちょっと、榛原さん、言いすぎよ」

「あら、あなただって『あんなだらしないお兄さんを持って、先生がお気の毒だって』。あ、そろそろ行かなきゃ。子供達を学校に行かせないと。それじゃぁ先生、失礼します」

主婦達は笑いながら、そそくさと去っていった。

——知らなかった。

いくら忙しかったとはいえ、薫がビールを飲み始めた時点で気づくべきだった。まさか近所の笑い者になるほどビールに溺れていたなんて。

梓が帰ってくると薫は既に朝食の支度を終えスーツ姿だった。彼は梓の姿を見ると、にこにこしながら、

「お帰り。ありがとな。さ、飯にしようぜ」

梓は席につくと、機嫌よく食べている薫に、いつ主婦達の話を耳に入れようかタイミングを計っていた。

「なぁ薫」

「ん、ああ、今日は御曹司のとこの患者に大歓迎されるだろうな。よかったな。おまえはどこへ行

っても人気者なんだから、俺も鼻が高いぜ」

「僕もおまえのこと誇りに思ってもいいのか」

「降格されたけどな」

「そうじゃなくて」

「なんだよ、あ、もう時間だ。今日は早朝会議があるから先に行くよ」

薫は食べ終えた食器を流しに置くと玄関に向かった。梓はすがりつくように後に続き、

「薫、実は」

「帰ってから話を聞くよ。じゃぁな」

このとき、梓が駅まで送っていたら、薫の人生は変わっていたのかも知れない。いや、遅かれ早かれ、こうなる運命だったのかも――

早朝会議というのは嘘だった。早目に家を出たのは、もちろん駅とは反対方向のタバコ屋でビールを買うためだった。彼は大缶二本と普通の缶四本を買うとカバンに放り込んだ。そして急いで駅へ向かった。

――ようはコンビニへ行かなければいいんだ。

つまり彼はこう考えた。昼休みは外に出ず、出前をとればいい。ビールは更衣室のロッカーに隠し、昼のごたごたしているときにタオルかなんかで隠してトイレで飲もう。もちろん空き缶は持ち帰る。昼だけでなく、内田課長がいないときや皆が出払っているときにも――

――デスクワークを命じられている俺の特権だ。

駅に着くと、薫はいつも通り売店へ向かいビールを買って飲んだ。

下車した駅から松阪中央署まで徒歩で十五分。薫は歩きながら、そっとカバンを開けると中の缶ビールの感触を確かめた。とたん、ギョッとした。

——すごい水滴だ。温度が上がったんだな。これじゃぁ美味さが半減しちまう。

とたん、どうしようもなく飲酒欲求が湧き上がった。

——昼まで待てない。

ふと顔を上げると、運よく公園に差しかかったところだった。薫は急いで公園のトイレに駆け込むと、カバンの中から大缶を一本出した。缶の周囲はべとべとに濡れており、カバンの中はぐっしょり湿っていた。

薫は息を呑み震える指で缶を開け一気にビールを咽喉に流し込んだ。冷えたビールに比べると物足らなかった。そしてなお飲酒欲求が湧き上がってきた。今度は普通の缶を一本飲んだ。すると、締めつけられていた胸の動悸が収まった。ようやく飲酒欲求が落ち着いてきたのだろう。が、酒臭さがいつもより強いような気がした。彼はタオルでビール缶一本一本の水滴を拭って、またカバンに入れると口臭を消すガムを噛もうとした。が、昨日でガムをきらせたことを思い出した。

薫は唇を噛み、時計を見た。

——やばい、遅刻だ。

この際酒臭さなんて気にしている場合ではない。トイレから飛び出していった。

署に着いたとき、始業時間まで後三分あった。ほっと胸を撫で下ろしたときだった。薫は肩を叩かれ振り向いた。と、同時に心臓が飛び出るほど驚いた。内田課長がそこに立っていたからだ。

「お、おはようございます」

一礼し顔を上げる薫はゲップをしてしまった。慌てて口を押さえたが、内田課長の表情は厳しかった。

「朝っぱらから飲んできたのか。ひどい臭いだ。わたしは酒を飲まないからね。酒の臭いには敏感なんだ。どんなに隠してもね、茂野君」

薫は戸惑って視線を逸らすと、

「今日はいつもの薄いカバンじゃないのか？　おまけに重たそうだな」

と、内田課長が薫のカバンに触ろうとした。反射的に薫は内田課長の手を叩き払った。

「茂野君……」

内田課長も、薫も、信じられないという顔で見つめ合った。

内田課長は無言のまま無抵抗になっている薫のカバンを彼の手から取って、開けた。缶ビール一本一本を吟味するように手に取って見るとカバンの中に入れ、閉じた。

——もうおしまいだ。

薫は観念して目を閉じた。が、内田課長はカバンのビールのことには触れず、

「今朝のテレビのニュースを見たか」

「いえ」

飲酒関係のことだろうか。それとも——

「昨夜未明、ある住宅が全焼した。焼け跡から二人の遺体が発見された。死因は火事によるものではない。包丁で互いの胸を刺しての心中だ。恐らく家に火を放ってからの自殺だろうと。時刻が時刻だけに新聞の朝刊にはまだ載っていないから、テレビを見ていなかった君が知らないのも無理はないがね」

「それがいったい自分とどういう関係が?」

「まだ分からないのかね。間接的とはいえ、茂野君、君が殺したのと同じだぞ。昨日の君の心ない言葉が、二人を死に追いやったんだ」

　薫はまさか、と思った。

「それって、木下……さん、ですか?」

「そう、木下ご夫妻だ。どうだ、酔いがさめたかね」

　不思議とショックは薄かった。もうあの夫婦の双眼を見なくてすむ。あの夫婦だって、もう苦しまなくてもよくなる。これでよかったんだ、と心の中でつぶやいた。それより内田課長に見られたビールのことのほうが気になった。どんなことを言われるかと思うと怖くなった。が思い切って、

「課長、自分は」

　内田課長は薫の言葉を無視して署に入っていった。

　橘医院に戻った茂野梓は、出勤するとまっすぐ院長と副院長の部屋へ行き、挨拶をした。

「またよろしく頼むよ、茂野先生」

と、院長はいかにも嬉しそうだった。副院長も梓が入ってくるなり席を立ち、彼を抱きしめた。

「お帰り、梓君。君がいなかった一ヶ月、寂しかったよ。今日からまたよろしくな」

橘はそう言って、トントン、と背中を叩くと彼から離れた。

梓もにっこり微笑み返した。

職員達も『お帰りなさい』と声をかけてくれ、温かく迎えてくれた。廊下を歩いていると、会う患者患者が笑顔を向けてくれた。

――やっぱり古巣はいい。

微笑む梓は、ふと顔を曇らせた。今朝の主婦達の会話が、どうしても頭から離れない。さっき主婦のひとりが、今日も薫がジョギングのときにビールをがぶ飲みしていたと言っていたが、朝食のとき、そんな気配は感じられなかった。シャワーを浴びて酒気を落としたのだろうか。それとも主婦のただの中傷だったのだろうか。でも主婦達の言葉が本当なら、薫が短期間でビール腹になったのもうなずける。

「茂野先生」

弾むような声で呼びかけられた。振り向くと車椅子に乗った少女がニコニコしていた。顔は青白く身体もやせている。点滴をしている小枝のような細い腕には、きれいな花束が抱かえられていた。

梓の頭から薫のことが消えた。彼もプロの医者だ。公私混同はしない。

「きれいな花をもらったんだね、里子ちゃん」

すると里子は、梓に花束を差し出した。

「お帰りなさい、先生。はい、プレゼント」

「えっ、これ僕に」

はにかみながらうなずく里子に、梓は微笑んで花束を受け取った。

「ありがとう、里子ちゃん」

本来なら患者から物をもらってはいけないことになっている。しかし、梓はあえて決まりを破った。彼は知っていた。輝ける思春期を病院の一室で迎えなければいけない少女。生まれたときから身体が弱く、入退院を繰り返し、ろくに学校にも行けず、病院という狭い世界しか知らない彼女の初恋の相手が同世代の少年ではなく、医師である自分だということ。そして、数ヶ月には彼女の命の炎が消えてしまうということ――

だからささやかな思い出を作ってあげたいと思った。

「里子ちゃん、外を散歩しながら部屋に戻ろうか。先生が車椅子押してあげるから」

里子の瞳が輝いた。

「いいのですか」

「ああいいよ。じゃぁちょっと花束持っていてくれる」

梓は花束を里子に預けると里子の車椅子を押した。廊下から病室までが、里子にとってのデートの時間だった。だから梓は、彼女の体調を考えながら、遠回りをしてゆっくり歩いた。

「嬉しかったよ、里子ちゃんに花もらって」

「本当ですか?」

「ああ。だから里子ちゃんも早くよくなって、先生にくれたみたいに、ずっと他の人にも花を贈ることのできる優しい女の子でいて欲しいな。お見舞いではなく、お祝いとしてね」

「先生、私分かっているんです。もう長くないって。ここで死ぬんだろうなって」

「なに言っているの、里子ちゃん」

「先生、お願いだから『馬鹿なこと言うな』とか『希望を捨てるな』なんて、他の人と同じように気休め言わないで」

そして里子は梓を見た。それは以外なほど晴れやかな笑顔だった。

「だって私、今とっても幸せなんです。大好きな先生が津中央大学病院から戻られるまで生きていられたんだもの。それだけでも感謝しているのに、その上こうやって優しくしてもらって。先生、私の人生は短くて可哀想だっていう人いるかも知れないけど、いろんな人に、いろんな形で愛されて、百歳分の有意義な人生だったたって思うの。苦しくったって精一杯生きてきたんだもの」

「里子ちゃん」

「たったひとつだけ、お願いがあります」

「なんだい？」

「私の死ぬ時期が分かったら、そしてそのとき先生が病院にいたら、死ぬまで手を握っていてくださいませんか。七瀬里子の十四年間の人生の幕が下りるのを、心から愛した人に見ていてもらいたいから」

梓は、里子の覚悟を真摯に受け止めた。

「約束するよ、里子ちゃん」

里子は涙ぐみながら微笑むと、庭を見た。

「ああ、夏も本番ですね。庭の緑が綺麗」

里子がなぜこんなに潔くなれたか。それは純真でひたむきな梓への愛がそうさせたのだった。

車椅子を押す梓は、ふと薫のことを思った。

――四十歳を迎えることを怯える薫が、彼女の今の言葉を聞いたら――

そしてまた今朝のことがよみがえる。

橘医院に復帰した今日、皆の温かな歓迎に感激しつつも、今朝のことを考えると、今まで晴れていた青空に黒い点がポツンとひとつついた。それは、紙ににじむ墨のように次第に広がり梓の心を重くした。そんな彼を打ちのめしたのが、勤務を終え、病院を出たときだった。玄関に見覚えのあるアウディが停まっているのに気づいた。

――まさか、三上？

そのまさかが的中した。

「よう、梓」

背後から肩を叩かれて、梓はビクンとした。案の定、そこにいたのは三上だった。相変わらずキザなサングラスをかけている。

「話があるんだ。またおまえの下手くそなパンチをくらう前にね」

薫のことを匂わせるような口ぶりに、梓はまさかと思った。

「まぁ乗れよ」

梓は三上に勧められるがまま、自動車に乗った。

助手席に梓を乗せると、三上は自分のマンションへ向かった。三上はちょっと洒落たマンションに住んでいた。リビングに通されると、そこには大型のテレビに編集用のビデオ、そしてオーディオ類があった。男の独り暮らしにしては整理整頓されている。

あらかじめ買っておいたのだろう、三上は冷蔵庫からピザを出すと電子レンジで温め、コーヒーとおしぼりとともにテーブルに置いた。

「さ、食おうぜ。このピザな、この前訪ねて来た女と食ったんだが、結構いけたんで、おまえにも食わせてやろうと思ってな。パイナップルとチーズの組み合わせが意外と。ほら、冷めねぇうちに食えよ」

梓はまだ警戒心を解いていない。それより早く三上の真意が知りたかった。

「家で薫と食べるからいい。それより話ってなんだい?」

「薫には承諾とってある。泊めてやるからさ、今日はあいつを独りにしてやってくれ」

「どうして」

「あいつのせいで、自殺した夫婦がいる」

「なんだって」

「今日、支社に呼び出されてさ。俺宛てに手紙が届いているから取りに来いって。俺な、実はある警官について調査している最中だったので後にしてくれって返事したが、その警官にまつわるものだって聞かされて、手紙を取りに行った。その手紙の主は昨夜未明に心中した木下慎平、信子夫妻からだった。死ぬ前に投函したんだろうな。封を開けると【娘の記事を書いてくれた記者の方へ】っていう書き出しの遺書だった」

「その夫婦って、あの週刊誌の」

「ああ。遺族さ。俺の記事読んだらしい。遺書には、薫のところに娘を殺した犯人の名を聞きに足しげく通った。が、真摯に対応しないばかりか犯人に復讐するより娘のところへ逝けって言われた。薫だけは許せない。どうかあの刑事を糾弾してほしい。仇を取ってくれって」

「そんなの逆恨みだ。薫が名前を言わなかったのは、復讐殺人をさせないためだろう。それにあいつが娘のところへ逝けなんて言うわけがない」

三上はタバコをくわえると、懐からジッポーを取り出した。カチャッと音をたててタバコに火がつけられる。

「おまえ、さっき『今調査している警官にまつわるものだ』って言ったな。その警官は薫のことか？」

三上は答える代わりに煙を吐き出した。

「だから僕に会いに来たんだろ。今度はいったいなにを企んでいるんだ？」

「ほらよ」

と、三上は棚の上に置いてある書類の入った茶封筒を梓に渡した。

「最高のスクープ記事だぜ、本来ならな。見てみろよ」

梓は少しためらいがちに、封筒の中を見た。引き伸ばした写真が入っていた。次の瞬間、我が目を疑った。駅の構内でビールを飲んでいる男……間違いなく薫だった。写真は一枚だけではない。コンビニで大缶のビールをカゴの中に入れているマスク男、これも間違いなく薫だった。そしてスーツ姿で自販機にもたれてビールを飲んでいる薫……。すべて梓の知らない薫の顔だった。

息を殺して食い入るように写真を見る梓に、

「やはり知らなかったようだな」

「なんでおまえが……」

ショックで声もかすれている。

「タレこみがあったんだ。おまえンちの近所の主婦から。『いいネタがあるから買ってくれないか』ってね。で、待ち合わせの喫茶店に行くと、『現職警官が勤務中に酒を飲んでいる。その警官はあなたが以前スクープしたあの男だ』って言うんだ。で、その女から二枚の写真を見せられて驚いたね。で、思わずその写真を買ったよ。コンビニの写真は俺が撮ったものだ。一応念のため近所の住人や駅の売店のおばちゃん、そしてコンビニの店員からも裏を取ったが、女の言った通りだった。だが、このネタもスクープとしての価値が下がったよ」

「どういう意味だ」

「現職警官と元警官とでは違うだろ」

「元警官って、誰のことだよ」

三上は呆れ顔で梓を見た。

「ほんと鈍いな、おまえ。薫の奴、本日付で懲戒免職になったんだよ。コンビニでビール買っている、ほら、その写真。毎日だったんだ。それがばれてね。それで上の者から厳重注意を受けた。にもかかわらず反省どころか、ますますエスカレートしていって。今は、酒気帯び運転で免職くらうほど、酒に厳しいだろ」

「僕、やっぱり帰るよ。このまま放ってはおけないよ。で、病院へ連れて行く」

「分からない奴だな。俺の携帯に電話かけてきたのは薫なんだぞ。で、『今夜だけ独りで考えたいから梓を頼む』って」

「そんなの嘘だッ」

梓はカバンの中から携帯を出すと、薫を呼び出した。が、電源が入ってなかった、自宅の電話番号も留守電になっている。

——まさか自殺する気じゃぁないだろうな。

「な、独りになりたいときだってあるんだ」

「冗談じゃない。懲戒免職を受けたショックで自殺するかも」

「奴はそんな男じゃねぇよ。それはおまえが一番よく知っているはずだ」

「自暴自棄になって身体壊すほどビールを飲むかも」

「おまえはあいつの保護者か?」

「えっ?」

「四十にもなって、自分の行動に責任を持てないばかりか、弟に頼らないとなにもできない。本当にそれでいいのか。これを機会に自立した本当の意味での大人の男にしてやれ。悪いことは言わん、これを機会に別居しろ」

「見捨てろっていうのか？」

「おまえらはただの双子じゃない。恋人同士だ。支え合って生きているのはいいさ。でもそれと精神的な自立は別だ。おまえ医者だし頭いいから、俺の言っていること分かるよな」

「でも」

「いいか、これは薫の人生なんだ。たとえビール漬けになって懲戒処分になったとしても、自業自得だ。誰のせいでもない。これは薫が選んだ道なんだよ。薫の未来は薫のもの。おまえのものじゃぁないんだ。いくら双子とはいえ、同じ人生を歩むことはできないぞ」

「兄弟のいないおまえになにが分かる。僕達は両親が亡くなってから、助け合って生きてきたんだ。生まれたときからずっと互いのことを知り尽くして」

「助け合って生きてきた。互いを知り尽くして。ハッ、よく言うぜ。灯台もと暗しとはこのことだ。おまえより、俺の方があいつのことよく知っているんだよ。その証拠におまえなにも知らなかったじゃないか。一緒に暮らしていて、あいつのなにを見ていたんだ。顔つき、行動、身体なんか見た目で分かるぐらいだ。セックスしていて体形の変化に気づかなかったのか。ただの中年太り、と軽く思っていたのか。プライドの高いあいつにセックス拒まれても分からなかったのか？」

「そりゃ、変だなって思ったことはあったよ」

「でも、なにもしなかった」

「……」

「同居している兄貴が懲戒免職になるほど酒びたりになってることに気づかない奴に医者が務まるのか。患者だってそんな医者に診て欲しくないだろう。悪いことは言わん、別居しろ。火傷するぞ。薫の不祥事がおまえにまで飛び火したら、名誉と信用を失うのはおまえなんだ。おまえ、前に言っていたな、『医師免許剥奪されても薫を守る』って。俺に言わせれば、奴にそんな価値はない。薫はおまえを守るどころか裏切り行為をしているんだ。今の薫はな、思いやりのかけらもない、自分の欲望と快楽だけしか考えていない最低の男だ」

「そんなことない」

「じゃぁ逆の立場で考えてみろ。おまえ橘や患者の前に酒臭い息で出られるか。近所のババア連中に『弟さんビールがとてもお好きね』なんて嘲笑われたいか。酒飲んでオペして医療ミスでもやらかして、医師免許を剥奪されても酒に溺れていたいか。そのことで薫の立場が悪くなっても平気でいられるか。奴を犠牲にできるか。それでも酒を飲みたいか。薫はそれを選んだんだぞ。おまえより仕事より酒のほうをな。そんな奴を、職を失ったアル中をおまえは食わせてやるのか。そんなの薫をよけいに駄目にするだけだぜ。別居して自分の犯した罪をじっくり反省させろ。するとおまえの有り難みだって分かるはずだ。でないと共倒れになるぞ」

「見くびるな。共倒れなんかしない。薫は絶対僕が立ち直らせてみせる」

「やれやれ、これだけ言っても分かんないのかね。恋は盲目ってやつか、思春期じゃぁあるまいし。ま、いいや。おまえがそこまで言うなら、どうなるか楽しみにしているぜ。このことは今は記事にしない。立ち直ったときかあるいは……に記事にする。薫が有利なような記事にな」

「本当だな。懲戒免職は記事にしないんだな」

「ああ。とにかく今日はゆっくりしていけ。シャワーでも浴びて来い」

梓はおとなしく三上に従ってシャワーを浴びに行ったが、頭の中は薫のことで占められ、不安で胸が締め付けられた。彼は、三上がシャワーを浴びている間に、【ありがとう。やっぱり帰ります。梓】と、置手紙をして部屋から出た。

自宅へ着くと、玄関の門灯が消えていた。玄関の鍵はかかっている。合鍵で玄関を開けると、中は真っ暗だった。

「薫、ただいま」

返事がない。嫌な予感がした。梓は電気をつけて、ハッとした。リビングで薫がぐったりと横たわっていたからだ。慌てて抱き上げ脈を取って見た。大丈夫、生きている。周囲を見ると、ビールやチューハイ、カクテルの缶が転がっていた。

「薫、起きろ、ほら」

頬を叩いたが、ぴくりともしない。梓は息を呑んだ。

――まさか急性アルコール中毒?

救急車を呼ぼうかと思ったときだった。薫の口が開いた。

「今夜は三上ン家に行っていろ」

「やっぱり本当だったのか。懲戒免職?」

薫は目を閉じながら、クスクスと笑った。そんな彼の気持ちを考えると、梓は胸が痛んだ。独りになりたい気持ちも分かる。浴びるほどお酒が飲みたくて自分を遠ざけたことも。だからといって、好きなだけ飲ませていいわけがない。

「薫、今から病院へ行こう」

「どうして?」

「ごめんな」

このとき薫は、頬に温もりを感じて重たそうに双眼を開けた。頬を寄せた梓がポロポロ涙をこぼして自分を見ているではないか。

「なんでおまえが謝るんだよ」

「おまえがこんなになるまで気づかなかった僕が悪いんだ。皆は知っていたんだってね。三上から聞いたよ。そして近所の奥さん達からもね。おまえがこんなに苦しんでいるなんて。本当にごめん」

梓は力一杯薫を抱きしめて泣き出した。

「俺、なにも苦しんでいないよ。夢みたいに気分がいいんだ。ビールってさ、美味いんだよな。咽喉にスウッと染み込んで。飲んだ後、頭がさ、フワフワして、とても気持ちいいんだ。なのに誰も分かってくれない。特に石頭の課長はね。笑っちゃうぜ、俺のこと監視していたんだとよ。でももういいんだ。これからは堂々とビールが飲める」

「薫……」

「今日さ、いろいろな種類の酒を買って飲んでみたんだ。他の酒も美味かったけど、やっぱりビールが最高だな」

「おまえ、自分の言っていること分かっているのか。懲戒免職になったんだぞ。今まで積み上げてきたおまえのキャリアが白紙に戻った、いや汚されたんだぞ。おまえ、事件解決の功労賞を何回もらった。何人の人を助けた。なのにそんな、皆を裏切るようなことをして、恥ずかしくないのか」

「心配するな。少しは蓄えがあるんだ。当面のビール代ぐらいあるよ」

情けなかった。薫は事の重大さを自覚していないばかりか、こんなことになってもビールを飲むことに罪悪感を持っていない。むしろ一日中好きなときに飲めるという喜びに笑みを浮かべている。完全にアルコール依存症に陥っている。

梓は溢れる涙を拭うと、薫を寝かせ、津中央大学病院へ電話をかけた。

「あ、夜分恐れ入ります。茂野と申しますが、精神科の宿直の先生をお願いします」

『茂野さん？　どのようなご用件でしょう』

「そちらに出向している外科医の茂野、茂野梓です。今から伺いますので兄を診て欲しいのです。ええ、アルコール関係で」

ブツッと電話が切れた。ハッとして振り向くと、引き抜いた電話線を持った薫が恐ろしい形相で梓を睨みつけていた。

「おまえまで。おまえまで俺からビールを奪うのか。俺の楽しみを。俺の生きがいを」

「いい加減にしろッ」

一喝する梓は、薫に鋭い平手打ちを食らわせた。

「おまえ死にたいのか。一日に何本も飲んで、おまえは平気のつもりでも、異常だと周りが認めたから懲戒免職になったんだ。近所で笑い者にされているのが分からないのか。このままでは肝硬変になってとりかえしのつかないことになる。それでもいいのか。薫、聞いているのか」

覗き込むと、薫は泣いていた。反省しているのかと思い、梓はすこし気が楽になった。

「明日で後三十五日だぞ、四十歳になるまで。怖いよ。とっても怖いんだ。でもな、酒飲んでいると、なにも考えられなくなって、歳のことなんて忘れちまう。ただ美味いだけじゃない。俺は後悔なんてしていない。誰も俺の気持ちを分かってくれない。おまえでさえも。寂しいよ。孤独だよ」

泣きながら立ち上がった薫は、フラフラと玄関に向かった。慌てて梓が追いかける。

「おい、どこへいくんだよ」

「………」

「まさか、ビール買いに自販機へ」

「おまえの分も買ってきてやるから」

「馬鹿、よせ。言ったろ、近所の笑い者になっているって。おまえが懲戒免職になったことなんてすぐに知られるぞ。これ以上、恥の上塗りをしたいのか?」

するとは皮肉っぽく笑った。

「フッ、結局おまえも自分が可愛いんだな」

「なんだって」

「俺の心より世間体が大切なんだろって言っているんだ。俺が恥をかけばおまえの名前にも傷がつく。それが嫌なんだろ、名医さん」

梓は言葉に詰まった。次第に変貌していく薫を目の当たりにし、怒りより呆れより寒気がした。あの誇り高く思いやりのあった薫がまるで別人のような目をして自分を見ている。アルコールによるものなのか。悪魔に魅入られたような眼だった。

――三上の言葉は本当だったんだ。人が変わったようだ。いつもの薫じゃない。

薫は再び歩き出すとビールを買いに出て行った。その後ろ姿を見送る梓は、廊下に熱い涙を落とした。

――今はなにを言っても駄目だ。いったい僕はどうしたらいいんだ。

梓は薫を狂わせたビールが、酒が心底憎くてたまらなかった。


午前五時。

条件反射のように起きる茂野薫は、ん？　と横を見た。隣に寝ているはずの梓がいない。

――トイレへでも行ったのだろうか？

ベッドから出てトイレに行った。が、梓はいなかった。シャワーを浴びているのかと思ったが、浴室にもいない。他の部屋も見てみたが、どこにもいなかった。

「おい、梓」

呼んでみたが返事はなかった。

――俺が寝ている間に、急患の知らせが入って病院へいったのかな。それより、ビール、ビール。

薫はさして深く考えず、パジャマからジャージに着替えて家を出た。

なんだか身体が重い。昨日飲みすぎたせいだろうか。それでもビールが飲みたかった。

いつものように薫はタバコ屋の自販機の前にいた。そしていつものようにポケットから財布を取り出し小銭を自販機へ入れようとした。

と、そのときだった。薫の手が止まった。自販機の横から梓が姿を現したからだ。まさか梓が自分より早く起きて待ち伏せていたとは夢にも思わなかった。そして彼の目は厳しかった。

「買いたければ買ってもいいよ。ただし、条件がある」

「なんだよ、条件って」

「今から僕と一緒に津中央大学病院へ行くこと。それが嫌なら財布や通帳一式を僕に預けること」

「そんな、ビールが飲めなくなっちまうじゃないか」

「とにかく家に帰って話をしよう」

「待ってくれ。一缶だけ、一缶だけでも買わせてくれよ。飲みたくて胸が苦しいんだ」

そう言うと、梓が止める間もなく薫は小銭を自販機に入れ、ボタンを押した。派手な音をさせて出てきたビールの缶を手にした薫はゴクリと生唾を呑むと、そこに梓がいるのも忘れたように缶を開け、ビールを飲み始めた。

「馬鹿，やめろ。こんなところで」

梓はビールを取り上げようとしたが、逆に薫の平手打ちを食らった。薫は悪びれることもなくビールを飲み続けている。梓は、目の前の浅ましい光景にゾッとするとともに、改めて実感した。薫が懲戒免職になるのも無理はない。

ビールを飲み終わった薫は満足そうにため息をつくと、空き缶をゴミ箱に捨てた。

「気は済んだか、薫。帰るぞ」

きびすを返し、後も見ずに歩き出す梓に、薫はこの隙にもう一本買おうかという誘惑にかられていた。

家に帰るなり、梓は薫にあのジーンズを投げ渡した。

「はいてみろよ。この間まではいていただろ。今はどうだ?」

「もう飽きたんだよ、このジーンズ。だからはかない」

「はかない、じゃなく、はけないだろ。おまえ、昨日付けで懲戒免職になったんだぞ。それがなぜだか自覚はあるのか?」

「ちょっと寝る。今まで散々神経をすり減らしてきたんだ。休養だよ」

そう言って寝室に向かっていく薫の後を追いながら、

「おまえ、刑事という職業に誇りを持っていたじゃないか。なのにビールごときのためにクビになって後悔も反省もしていないのか」

「俺、なにも悪いことしてねぇよ。皆が勝手に騒いでいるだけだ」

「警官が、勤務中に酒を飲んでいいわけないだろ」

「勤務中じゃない。休憩時間に飲んだだけだ。石頭の課長は俺の気持ち、全然分かってくれない」

「おまえの気持ちというのは、ビールを飲むことを正当化して欲しいということか。たとえ休憩時間でも勤務中じゃないか。酒を飲んだら、なにか事件があってもパトカーを運転できなくなるじゃないか。そんなことも分からないほどビールに魅入られたのか」

「あの週刊誌の記事以来デスクワークばかりだよ。巡査部長に降格されたときから、俺は邪魔者扱いってわけさ。辞めたって惜しいと思ってくれる人はいないいんだよ」

薫の唇からこぼれる言葉に、梓は我が耳を疑わずにはいられなかった。以前の彼ならありえないひと言ひと言だったからだ。

「病院へ行こう、薫。な、頼むよ。さっき自販機のところで約束したろ、ビール買ったら病院へ行くって」

「今日は一日寝かしてくれよ。疲れたんだ」

「じゃぁ、財布と通帳類と印鑑、キャッシュカード、僕が預かるよ。お金を持っているから浴びるほど酒を飲んでしまうんだ。今日からは僕がおまえのお金を管理する。いっぺんに禁酒するのは無理だろうから、とりあえず、今日からこの一週間は朝、昼、晩と普通の缶を三本買ってやる。で、来週から本数を減らしていく」

「そんな、もっと飲みたいよ」

「それが嫌なら病院へ行く。入院すれば一本も飲めないんだぞ。どっちがいい」

「おまえまで俺の気持ちを分かってくれないのか」

「じゃぁ、おまえは僕の気持ちが分かるのか。昨日三上におまえの懲戒免職とビール漬けの話を聞かされたときのショックがどんなものだったか想像できるか。これを見ろ」

梓は昨日三上に渡された茶封筒の中から写真を出して薫に見せた。

だが薫は特に反応しなかった。もう、どうでもよかった。内田課長からカバンの中を調べられ、懲戒免職を言い渡されたとき、薫の責任感と正義感は微塵に砕け散った。そしてビールという快楽にどっぷり漬かって日々を送る道を選択したのだ。写真を見せられても心は少しも揺れなかった。

「三上に伝えろ。記者辞めて探偵になれって」

「言いたいことは、それだけかい。ショックじゃないのか」

「別に」

梓は絶句した。

と、そのときだった。けたたましく電話が鳴った。梓が出ると橘医院からで、七瀬里子の容態が急変したという。

「薫、僕すぐに行かなきゃいけなくなった。僕が帰ってくるまで絶対飲むなよ。いいな」

そう言って梓は家を出、タクシーで病院へ急いだ。

茂野梓外科医が橘医院に駆け込んだとき、七瀬里子は虫の息で集中治療室に運ばれていた。梓はスーツのまま飛び込んでいき、呼吸器をつけている里子の傍らに立った。

「先生、できるだけの処置は行いましたが、もう、手の施しようがありません」

「ご家族は」

「今、こっちへ向かっているところです」

梓は意識のない里子の手をギュッと握ると、

「里子ちゃん。里子ちゃん。約束通り来たよ」

すると里子の唇が微かに動いた。

「なに？　なんだい、里子ちゃん」

里子の瞳がうっすらと開いた。涙を浮かべている。

梓は里子の酸素マスクを外した。すると里子がポロポロ涙をこぼして真直ぐ梓を見た。

「ほら、里子ちゃん。ちゃんと手をつないでいるよ。先生、里子ちゃんのそばにずっといるから」

梓は人差し指で里子の涙を拭ってやると、再び酸素マスクつけようとした。が、里子は力なく首を横に振った。そして、

「せんせ……ありがとう」

と、弱弱しく言った。これが最後の言葉だった
プーっと無機質な音が響いた。

「午前八時七分。ご臨終です」

看護師の言葉が淡々と耳に届く。涙で里子の顔が揺らいだ。胸が締めつけられるように痛い。今までいろんな患者を看取ったが、こんなに辛くて悔しいことはなかった。

と、そのとき、里子の両親が駆け込んで来た。二人は一瞬足を止め、

「里子……そんな」

よろよろと近づく母親は、梓の潤んだ瞳と彼が里子の手をしっかり握っているのを見て、

「よかったね、里子。先生にこんなにしっかり手を握ってもらって天国へ……」

後は言葉にならず、遺体にすがって泣き出した。

梓は里子の手をそっと離すと、遺族に頭を下げた。

「力及ばず、申し訳ありませんでした」

「いいえ。茂野先生はよくやってくださいました。里子の身体はもうもたないと告知を受けたのに、先生の手術のおかげで八ヶ月も余命をいただきました」

「いえ、僕の力だけではありません。里子さんはよく頑張りました」

「里子に生きる気力を与えてくださったのが茂野先生、あなたなのです」

「え？」

「恋も知らずに散っていく命だと思っていました。けれど、里子は人を愛することができました。それが茂野先生だったのです」

「お母さん。でも僕は……」

「確かに先生はわたし達と同世代かも知れません。ですが里子は先生に恋をしたのです。幼い恋とはいえ娘は少し大人になれたのです。ねぇあなた」

「父親にとって娘の恋の相手は仇みたいなものだと言いますが、わたしもそんな父親の気持ちを味合わせてもらったことに感謝しています。茂野先生ありがとうございました」

「いいえ……彼女は純粋で心優しい少女でした」

その言葉に母親は泣き崩れた。

梓は、夕方病院が終わるのを待って、里子の遺体を送り出した。他の患者を刺激しないために閉院後に患者の遺体を送り出すことになっている。

雨がしとしと降り続いていた。まるで天まで里子の死を悲しんでいるように。

梓は傘ももたず病院を出た。すぐに雨がまとわりついたが、傘を取りに帰る気はしなかった。たとえ傘があっても開くことはない。心の痛みを雨で流したかったのだ。

病院に搬送されてきたとき、里子は既にいつ死んでもおかしくない状態だった。それが八ヶ月も……。自分への幼い恋がそうさせたなんて。あまりにも残酷だ。研修の間、彼女は自分の復帰をどんな気持ちで待っていたのだろう。里子の最後の言葉を思い出すと胸が痛んだ。

——僕が十四歳のときは、普通に勉強して、バスケで汗を流して……でも里子ちゃんは——

「梓君」

声をかけられ振り向くと、そこに橘副院長がいた。

「ちょっと来てくれないか?」

橘はそう言って、けだるそうに歩く梓を病院と隣接した自宅へ招き入れた。

梓が来ると知ってか、橘のひとり娘の笑子は嬉しそうに二階から下りてきた。

「いらっしゃい、先生」

梓は一瞬どきんとした。笑子と里子がだぶって見えたからだ。そういえば、彼女達は同じ歳だ。

なのに——神様は不公平だ。

梓の瞳に影が差した。

「今日は梓先生もご一緒に夕食を、と主人が」

「橘君、気持ちはありがたいけど、帰って薫の夕食を作ってやらないと」

するると橘は笑って、

「なにを言っているの。いい歳をした大人が独りで食事もできないのかい。笑子でさえ僕や家内が忙しいときは自分で作って食べているよ。十四歳とはいえちゃんと自立しているんだ」

胸がズキリとした。

三上の言葉がよみがえる。橘の口からも出た『自立』という言葉に、双の瞳が激しく揺れた。でも今朝の薫の状態が気にかかる。おとなしく寝ていてくれればいいのだが。

「薫君、今日は遅いの？」

――そうだ、橘君はまだなにも知らないんだ。

「ねぇお父さん。下校中にカッターで制服切られたって事件があったらしいから、お兄さんお忙しいのでは」

「そうか。じゃぁ梓君、ゆっくりしていってくれ」

「でも今日は……」

「七瀬さんのことは知っている。君の心が滅入っているってこともね。けど、彼女は精一杯生きたんだ。落ち込んでいるより、第二、第三の七瀬さんを作らないことが大事だ。彼女、強い子だったぞ。こういうときこそ元気を出さなきゃぁ、天国へ行った彼女に笑われるぞ。さ、梓君、食べよう」

梓は、薫のことが気になって仕方なかったが、自分を励ましてくれる橘一家の温かさに触れるうち、考えることから解放されたくなってきた。

食事を終えた梓は、美子夫人と笑子に見送られ、橘が運転する車で家へ送ってもらうことになった。その間、梓は、何度も薫のことを話そうとしたが、できずにとうとう家の前まで来てしまった。言うなら今だ、と決意したときだった。

「あれ、門灯がついていない。まだ帰っていないようだね」

——まさか、薫の奴……

「橘君、今日はどうもありがとう。じゃぁ」

梓は、急いで玄関に飛び込んだ。カギはかかっていない。家の中に入ると真っ暗だった。

「薫ッ」

梓はなにかを踏んづけて滑り、尻もちをついた。

「痛テテテ」

手に取ると、それは掌サイズの小瓶だった。甘い匂いにまざってアルコールの匂いがする。

——カクテルか？

廊下の電気をつけた梓はゾッとした。いろんな種類の酒の瓶や缶が、いたるところに転がっている。だが肝心の薫がいない。リビングにもキッチンにも寝室にも仏間にもバスルームにもいない。

——まさか自販機に行ったのではと、そのときだった。トイレから水を流す音がした。

梓はほっとして、トイレに向かった。トイレも真っ暗だったので電気をつけた。とたん、ドッと疲れが吹き上がった。薫が便器に顔を突っ込んで吐いている。

――落ち込んでいるとき、一番支えて欲しい相手が、この状態か。

空しさが胸一杯に広がった。と、同時に急に薫への気持ちが醒めていくような気がした。

『別居しろよ』

三上の言葉がまた頭に浮かんだ。が、すぐに打ち消した。

――いや、今僕が見捨てたら薫はますます駄目になってしまう。

とりあえず、薫を背負い、リビングのソファに寝かした。そしてため息混じりに周囲に散らばっている、空の缶や瓶をゴミ袋に放り込んでいると、うつらうつらしていた薫が目を覚ました。

「ああ、お帰り。あ、ごめん。俺が片付けるから、着替えてこいよ。それまでに冷蔵庫の中に入っているお刺身を出しておくよ。おまえの好物の鰹だぞ。ご飯も炊きたてだ。鰹茶漬けでもしようぜ。あ、チキンラーメンも買っておいたから。ん、ああ十時過ぎ。もうこんな時間か。腹減ったろ。おまえが帰ってくるの待っていたんだ。一緒に夕飯食おうぜ」

薫の目は据わっている。身体もふらふらしていた。その姿に梓はカアアッと頭に血が上ってくるのを感じた。

「待っていた？　酒をこんなに飲みながら」

「だって、明日からおまえが管理するって言うから自由に飲めないだろ。飲みだめだよ。でもちょっとアルコール度の高いやつも飲んだから嘔吐しちゃって、もったいないことをしたよ」

「僕が帰ってくるまで飲まないって約束したのを忘れたのかい」

「ごめん。だってあんまりおまえが遅いから寂しくなって、つい。はい、これ」

薫は梓にポーチを渡した。

「財布、通帳、印鑑、キャッシュカード。皆入っている」

「他に隠していないだろうね」

「ああ。なぁ本当に一日三本は買ってくれるんだな？」

「今週はね。さ、食べて寝よう。もう夜も遅いんだ」

テーブルに夕食を並べる薫を見ているうち怒りが急に萎えた。と同時に梓は橘の家で夕食を食べてきたことを後悔した。自分の好物を買い、こんな遅くまで夕飯を待っていてくれたなんて。自分が楽しい思いをしているとき、薫は寂しい思いをしていた。だからよけいに酒びたりになったのだろう。案の定、薫は食べている途中で眠ってしまった。梓は彼を抱き上げると、寝室へ行き、そっとベッドに寝かせた。

熱い涙が頬を伝った。

――薫。僕おまえを更生させるためなら鬼にもなるよ。たとえおまえに嫌われようとも。いや、憎まれるかも知れない。けど僕は鬼になる。それがおまえのためなのだから――

朝、目が覚めたら頭痛がした。昨日お酒を飲みすぎたせいだろう。それでも胸を圧迫されるような飲酒欲求が湧き上がってきた。咽喉があの液体を流し込んでくれとささやいている。

――だが、お金はこいつが……

寝返りをうつと、そこにいるはずの梓がいない。どこへ行ったのだろうと、思ったときだった。背広姿の梓が入ってきた。

「よく寝たね。朝ご飯作ったから早く食べよう。僕遅刻しちゃうよ」

「梓、朝のビールは」

「用意してある。昼の分は冷蔵庫に入れておいたよ。夜は僕が帰ってきてから。いいね」

そう言うと慌ただしく部屋から出て行った。

――ビールが飲める。

薫は嬉しさのあまりに飛び起きた。

「梓、ビールは?」

「朝食の後。さ、食べよう」

ビール飲みたさに一刻でも早く朝食を終えようとガツガツ食べる薫に、

「なぁ薫。今度どんな職に就きたいか考えておけよ。仕事の帰りに求人誌を買ってくるから。履歴書もいるな。あと写真と」

薫はドキンとした。ビールが飲めるチャンスが現れたからだ。写真を撮るお金を多めにもらってビールを一本買おう、と。

「今日、写真撮ってくるよ。スーパーマツナガに無人の証明写真を撮る所が」

言い終わらないうちに梓が、

「一緒に行こう。僕も免許の更新に写真がいるから。それに今のおまえにお金を持たせたらお酒に変わるだろ」

——見抜かれている。

薫は内心悔しくてたまらなかったが、最後の味噌汁をすすると、

「朝のビールは？」

梓は黙って戸棚からビールを一本出すと、薫に突きつけた。薫はひったくるようにビールを取ると、音をたてて缶を開け、一気に飲み始めた。その浅ましい姿に、梓は内心ゾッとしていた。

「じゃぁ行ってくるよ。テレビでも観て気を紛らわせていろよ。それから就職のこと考えておけよ」

梓がいなくなる。いつもは寂しく思ったものだが、ビールを飲むようになってから、それが寂しさを埋めてくれるようになった。いやむしろ今ではいない方がビールを飲めていいと思う。

自販機から出てくるビールの重みと冷たさを想像するとそれだけで生唾が出てくる。ガラガラと缶ビールが落ちてくる音を思い出すだけで、いてもたってもいられなくなってきた。

——昼まで飲めない。

気が狂いそうになった。寝室へ駆け込み、ベッドに潜り込んだが眠れない。頭の中はビール一色に染められている。

「くっそぉ」

薫は家を飛び出した。しかし足が止まった。もう自販機には行くなと梓は言った。うろ覚えだがそこで撮られた写真も見せられた。そのときはなにも感じなかった。が、今はほのかな羞恥心が芽生えている。なによりも梓に恥をかかせたことに罪悪感を持っていた。

――そうだ。スーパーマツナガにも就職情報誌が置いてあったっけ。

薫は家へ引き返すと自転車に乗り、自宅から約二キロある道のりを急いだ。向かい風が心地よく髪を撫で上げる。

しばらくして、黄色と紺色に塗装された、『スーパーマツナガ』の看板が見えてきた。開店は九時半だが、既に駐車場は車で埋め尽くされている。自転車置き場は裏口の方にあった。自転車から降りて鍵をかけると、店内に入って驚いた。今はちょうど十時半だがタイムサービスをやっていて身体を横にしても歩けないほどよく混んでいる。客を呼び込む威勢のいい声が聞こえる。

ラックから就職情報誌を取り、自転車置き場に戻ろうと歩いていると、台車を押して入ってくる従業員とすれ違った。台車の上を見たとたん、薫の胸は高鳴った。ビール十二缶入りの箱が二つ乗っていたからだ。

自然と足が、台車へと吸い寄せられる。従業員は、台車を酒類コーナーの隅へ止めると、どこかへ去っていった。酒類コーナーには誰もいない。

そのとき、悪魔がささやいた。『今なら大丈夫だ』と。

――なにを考えているんだ、俺は――

酒類コーナーに背を向け、足早に店から出ようとした。が、再び悪魔の声が聞こえてきた。『あの快感を忘れたのか』と。その声は大地を這うつる草のように薫の両足に絡まった。

足を止め肩越しに振り向いた。台車のビールは放置されたままだ。

ゴクリ。

薫はカートを引いてきて、台車の上のビールの箱をカートの上の段と、下の段に乗せ、ゆっくりレジへ向かった。そして混み合う客達に紛れてレジの横を通り店を出た。そして一目散に自転車置き場へ走った。恐る恐る振り向いたが、誰も追いかけてはこなかった。

——やった、成功だ——

初めての、しかもこんな大胆な万引きに、薫はなんの罪悪感もなく、それより獲物から得られる快感を想像して胸を躍らせた。薫はビールの箱を自転車の荷台にくくりつけ、スーパーを後にした。

彼はここまで堕ちていたのだ。あの警察官だった、そして人一倍プライドの高かった茂野薫が。

薫はスーパーから三キロ離れた森林公園へ自転車を走らせた。誰にも邪魔されずに飲むにはうってつけの場所だったからだ。山を切り開いて造られた森林公園は、その地形を生かして遊歩道が通っている。所々にベンチもあり、街の人々の憩いの場所となっていた。

平日のそれも昼前とあって、人影はなかった。

遊歩道の立ち入り禁止区域に自転車を止めた。そこは緩く傾斜しており、川が流れている。ビールを担いで立ち入り禁止と書かれた札を通り越し、下流へ向かった。以前子供達が誤って傾斜を転げ落ち川で溺れてからここは立ち入り禁止になった。

なぜそんな所に薫はビールを担いでいったのか。理由はたったひとつだった。

「おっ、結構冷てぇな、よし」

薫は、ダンボールの箱からビールを取り出すと、次々に川の中に投げ入れた。

「もうすぐだ。もうすぐ思いっきりビールが飲めるんだ」

真夏の太陽が照りつける。

四十歳まで後一週間を切った。怖い。いいようのない恐れと漠然とした不安が覆いかぶさってくる。夏だというのに寒気が全身を包み込み、呼吸も乱れている。でもビールに夢中になっていると、どうでもいいように思えてくるから不思議だ。

やがて、ビールが冷えてきた。

もうすぐ飲めるのかと思うと、頭がカアッと熱くなって胸が高鳴る。思わず生唾を呑み込んだ。

薫は冷えたビールを一缶取り出すと、舌なめずりをしながら缶を開けた。

カチャッ。プシュッ。

小気味よい金属音がこだまする。缶の上に湧き出る泡を舐め、一気にビールを飲み干した。

「おいしい」

自然の中で飲むビールの味は最高だった。なぜ梓は分かってくれないのだろう。

薫はひと缶、ひと缶、ゆっくり空けていき、最後のひと缶を飲む頃にはすっかり酔っていた。そう、彼は、万引きした二ケースのビールをすべて飲んでしまった。自然に囲まれて冷えたビールを飲む快感を知った薫は、最高に幸せだった。

彼はビールの余韻を楽しむうちに、寝入ってしまった。薫は時計を見た。午後二時を回っている。そろそろ帰らないと。自宅までは自転車で一時間はかかる。それに酔いが覚めきっていない。

大量の空き缶の処分をどうしようかと思った。まさか自宅に持っていくわけにはいかない。梓に見つかったら大変だ。薫は、空き缶をダンボールに入れ、誰も見ていないことを確認して草むらの中に放り投げると、後も見ずに自転車に飛び乗った。

就職しなければと思っていたが、自転車を走らせるうち、しばらくは梓の厄介になろうという気持ちに変わってきた。

――今の方が気持ちがいい……そうだ、家に帰れば昼の分のビールがあるんだ。

なおも薫はビールに心を奪われていた。万引きは立派な犯罪だ。だが一度味わったらそれが普通になり、罪悪感はかけらもなく微塵に砕け散る。


旅行会社から出た梓は、胸を弾ませながらバス停へと歩いていた。この頃、薫は自分との約束をきっちり守っている。もっと欲しいとねだることもない。帰ると寝ているときもあるが、夕食の用意をしているか、就職雑誌を読んでいることも多い。その前向きな姿勢が嬉しかった。そして――

バス停に着いた梓はカバンから白骨温泉への二泊三日の旅行予約券を取り出した。出発は誕生日前日。橘は休暇願いを快く受理してくれた。

――こんな楽しみがあるのなら、歳をとるのも怖いなんて思わなくなるだろう。梓は穏やかに微笑むと、旅行予約券をカバンに戻した。四日後が楽しみだ。

「茂野先生」

聞き覚えのある声に振り向くと、沢口康夫が立っていた。梓が執刀し、奇跡的に助かった、あの患者だ。

人を笑わせるのが得意なひょうきんで明るい彼らしくない、ぎこちない態度に、梓はおや？と思った。

「ああ沢口さん。お久しぶりです。いかがですか、体調の方は」

「おかげさまで」

煮え切らない沢口の態度になにか不吉なものを感じた。

「どうかなさったのですか。いつもの沢口さんらしくありませんよ」

「実は先生が病院から出てきたときから、ずっといつ話しかけようかタイミングを計っていたのですが」

「僕になにか？」

「ええ。大切な用です。とにかく、来てください」

そう言って、沢口は半ば強引に梓の腕を取ると、彼をスーパーマツナガと書いてあるワゴン車に乗せた。

車内での沢口は、入院していた頃の彼とは別人のように、無口でなにか躊躇しているといった雰囲気だった。

「いったいどうなさったんですか。いつもの沢口さんらしくありませんね。僕に用ってなんですか。まさかまた腹部に痛みが走るとか」

「ああ、先生。こんなときまで心配してくれるのですか。なのに。なのに」

沢口は目頭を押さえた。

ワゴン車がスーパーマツナガの駐車場に入った。スーパーはまだ営業していて、客はタイムサービスの惣菜類を競ってカゴに入れている。レジには長い行列ができ、店内は活気づいていた。

梓は裏口から奥の通路に通され、『関係者以外立ち入り禁止』の札のかかった部屋に案内された。そこはモニターがズラリと並んだ監視室だった。モニターを観ていた従業員が沢口に気づいた。

「あっ、店長、お帰りなさい。午後八時からの醤油二割り引き、大成功ですよ」

「そうかい。店を空けている間、ご苦労だったね。君は売り場に戻ってくれ。そしてしばらく誰もここに通さないように」

「分かりました。失礼します」

若い従業員はちらりと梓を見、軽く会釈すると部屋から出て行った。

「さ、どうぞ先生。狭い所ですがこのイスにおかけください」

沢口に勧められるまま、梓はイスに腰を下ろすと改めてモニターを見た。売り場の至る所にカメラが設置されているのだろう、活気づいた店内の様子が様々な角度から映し出されている。

「うちではトイレ以外、すべての場所に監視カメラが設置してあるのです。客に見えるものもありますが、客が気づかないように備え付けているものもあるんですよ」

「へぇ、すごいですね」

珍しそうに部屋の中を見回し、梓は、

「で、僕にご用ってなんだったんですか。元気になって仕事をしているっていう報告ですか」

沢口は、その言葉に一瞬俯いたが、意を決したように顔を上げ、真直ぐ梓を見て、

「先生が手術してくださらなかったら、私は今こうやって生きていないでしょう。そんな命の恩人

である先生のお兄さんかも知れないと思うと、いえね、週刊誌に載っている顔と同じのようで」

「なんのことです?」

「ま、これをご覧ください」

沢口はビデオをデッキにセットし、再生ボタンを押した。やがて画面から白黒の映像が流れだした。活気ある店内の様子だった。

しばらく観ていた梓は思わず眉をひそめた。客の中に薫の姿を見たからである。

「分かりますか、先生」

「確かに兄のようですが……」

次の瞬間、梓は目を見開いた。画面の中の薫が酒売り場の隅にあるビールのケースをカートの上に乗せている。そしてそのまま足早に混雑しているレジをすり抜け、外へ出て行ったではないか。

「!」

梓は、あまりのショックに茫然自失し、唇を震わせながらモニターを凝視していた。

「一度なら目もつぶりますが、今日で連続四日間なのです。うちとしても限界で。先生、お兄さんに万引きを止めるようおっしゃっていただけませんかね。……私も先生の手前、表沙汰にしたくないんです。あれ? お兄さん警察官でしたよね。なぜこんな真っ昼間に……」

「………さい」

「先生?」

「公にしてください」

沢口は驚いて梓を見た。梓は血がにじむほど唇を噛みしめていた。その怒りと悲しさと悔しさのまざったような声と双眼に浮かぶ涙は尋常なものでなかった。

「先生……」

梓は、沢口が止めるまもなく土下座した。

「申し訳ありませんでした。あいつが万引きした分の料金は、倍にしてでもお支払いいたします。それから今度、兄がこんなことをしたら、即刻、警察を呼んでください」

「手を上げて下さい先生。悪いのは先生じゃないのですから」

「いいえ、僕の監督不行き届きです。遠慮なく警察に突き出してください」

「いいのですか。警察沙汰にしても。先生の名誉にも傷がつきますよ」

「かまいません。それが兄の選んだ道なのですから」

——そう、薫の選んだ道——

自宅まで送るという沢口の申し出を断って、茂野梓は店を後にした。早く家に帰らないといけないと思うものの、今は薫の顔を見たくなかった。いや、見るのが怖かったといった方が正しかった。

彼の足は自然と自宅とは反対方向へと向いた。陸橋の上に立ち、街を眺めた。ネオンの首飾りが灰色の街を染める。車の明かりがまるで流星のようだ。

風が出てきた。梓はなにを考えるでもなく、風に吹かれながらぼんやりと夜の街を眺めていた。

突然携帯電話が鳴った。虚ろな瞳で電話を取ると、薫からだった。

『もう九時前だぞ。まだ帰れないのか』

「……」

『夜勤になるのか。なら夜のビールはいつくれるんだよ。なぁ、早く帰ってきてくれよ。おい、聞いているのか、梓。ビールを飲ませて』

その言葉を耳にしたとたん、梓の手から携帯が滑り落ちて、陸橋から下へ落ちていった。

情けなかった。

梓はカバンから旅行予約券を取り出した。

『奴はおまえより酒を選んだのだぞ』

三上の言葉がよみがえる。

『別居しろよ』

——見捨てられるわけないじゃないか。たったひとりの家族なんだぞ。普通の兄弟じゃないんだ。

でも——僕が想うほどあいつは僕を想っていなかったというのか。

空しさが木枯らしのように胸を駆け巡る。

——薫は僕を裏切ったんだ——

びりびりと派手な音をたてて予約券が破られる。梓は涙を流しながらそれを天に向かって放り投げた。それはまるで紙吹雪のようにアスファルトの地面に舞い落ちていった。

その日、薫はアスファルトを叩く雨の中を歩いていた。傘を差し、大きなショルダーバックを持って、新しく開店したディスカウントショップに向かっていた。

万引きを続けるうち、罪の意識は薄らぎ、あたりまえになっていく。今まさに、薫はそういう状態だった。これがかつての正義感溢れる警察官だったとは思えない。

一時間歩いてようやく店に着いた彼は店内を見渡した。大雨ということもあってか、客はまばらだった。店の右側には電化製品、左側は雑貨と酒類が並んでいる。

薫はカゴを持つと、人気のない酒類コーナーへ真直ぐ向かった。

陳列されている酒を見て、思わず顔がほころんだ。幾種類ものビール、チューハイ、カクテルにワイン。宝石のようにまばゆく見える。今から飲めるのかと思うと、生唾が出てき、自分でも分かるほど胸の奥がドンドンいっている。

素早く周囲を見渡し店員や客がいないことを確かめると、慣れた手つきでビールをバッグに入れ始めた。よく冷えている。美味しそうだ。興奮して息も荒くなってきた。そしてチューハイに手を伸ばしたときだった。いきなり背後から缶を持つ手首を捕まれた。

——やばい、見つかったのか。

一瞬、薫は目をきつく閉じた。

薄めを開けるとバッグから酒を取り出しカゴの中に入れる手があった。恐る恐る肩越しに振り向くと、そこには梓がいた。

「お……まえ、大学病院の日じゃぁ」

「欲しいのあったら入れろよ。今日は特別に買ってやるから」

穏やかな笑みを浮かべる梓に、薫は有頂天になってビールをさらに五本カゴの中へ入れた。

「支払いしてくるからおまえは先に車に乗ってろ。ほら、鍵」

鍵を渡された薫は胸をドキドキさせながら、大雨の中、車に乗り込んだ。万引きしていたことを梓に責められるだろう。でも買っていいと言ってくれた。つまり酒を飲むことを認めてもらった。そんな気がしてなんだかとても嬉しい。

彼には罪悪感などなかった。今まさに梓が薫に罰を与えようとしているとは知らずに——

やがて梓が酒の入ったビニール袋をぶら下げて走ってきた。

薫はビニール袋を受け取り、さっそくひと缶取り出すと飲み始めた。だが飲んでいるうちに、あることに気がついた。梓が説教じみたことを言わない。自分を見ることもなくただ黙々と運転している。確かに万引きを目撃したはずだ。なのに——初めてほんの少し胸がチクリと痛んだ。

「薫」

突然声をかけられ、薫はビクンとした。

「な、なんだ」

「もうすぐ笑子ちゃんの誕生日だからプレゼントを買うのに寄り道するぞ。おまえは車で待っていてくれ」

「いいよ」

「それから、ビール飲む前にこれを飲みなよ」

梓は胸ポケットからピルケースを出すと、薫に渡した。中に白いカプセルが二個入っている。

「なんだよ、これ」

「肝臓にいい薬だよ。橘君が特別に譲ってくれたんだ。それだけお酒を飲めば肝臓やられるだろ。それを防がなきゃあ。僕、いつまでもおまえと一緒にいたいから」

思いがけない梓の優しさに、薫は心から感謝した。彼は酒臭い息をさせながら梓の頬にキスをし、カプセルをビールでお腹に流し込んだ。ビールを空にすると、今度はチューハイを飲み始めた。

――今日で最後だよ、薫。

梓が薫に渡したのは、実は睡眠薬だった。これで最後になる酒を腹一杯飲ませてやりたいと思った梓は、薬が効いてくるのに時間がかかるよう、粉薬をカプセルに入れた。笑子の誕生日の話も嘘だった。

思った通り、最後のビールを飲んだ後、薫の双眼は虚ろになり眠り始めた。


県立大林病院は、全国でも名の通ったアルコール中毒専門の病院である。一般には、本人の同意なしに入院させることはできないが、この病院は違った。家族の要請があれば、患者の意思にかかわらず強制入院させることを許されていた。そしてその規律は厳しかった。

高速道路を走って約三時間。梓が運転するディアマンテは、目的地である、大林病院の駐車場に滑り込んだ。彼は寝込んでいる薫を背負うと、大雨の中を玄関へと走った。

池田教授の口添えですぐに診察してもらえることができた。薫を診察室のベッドに寝かせ、まず採血をした。血液検査で肝機能などの数値が出る。

「確かに血中アルコール濃度が異常に高いですね。肝機能障害もおこしています。このまま放っておけば命にかかわります」

思った通りだ。

「まずは三ヶ月間、入院してもらいます。ご本人の承諾があると、より有効な治療ができますが」

「もうすぐ薬もきれる頃だと思いますが」

「お兄さんはそんなに暴れる方なのですか」

「もともと気性が激しい方ですし。でもだからといってむやみに暴力をふるうことはしませんが」

「……ん」

薫の声に誰もが彼を見た。

「梓ぁ。もうビール残ってないかぁ」

声を出すものの、あきらかにまだ夢の中のようだ。

今がチャンスだとばかり、梓は薫に入院承諾書を突きつけボールペンを握らせた。

「薫、これに署名してくれよ」

「なんだぁ、これ」

「いいから。その間にビールを買ってきてやるから」

薫はニタァっと笑うと、虚ろな目でろくに文面も見ずに署名した。

「ありがとう、薫」

「なぁ、梓、ビール」

薫はまだ寝ぼけている。

梓は、名前の横に捺印して、薫の主治医となる唐沢医師に手渡した。

「それでは先生、兄をよろしくお願いします」

梓は深々と頭を下げ、だらしなくベッドに横たわっている薫を悲しげに見、診察室を後にした。


茂野梓は、けだるそうに足を引きずってキッチンのイスにドカリと座った。身体は雨にうたれてベトベトだ。しばらくぼんやりしていたが、立ち上がると浴室へ向かった。ドア越しにシャワーの弾ける音がした。梓は、頭からお湯を浴びて突っ立っていた。薫が万引きしている姿や、浅ましくビールを飲む姿が目に浮かぶ。今頃は正気になって自分を責めていることだろう。そんな記憶や思いをシャワーで洗い流したい。シャワーの音は激しくなるばかりだったが、薫のことは、どうしても流れてはくれなかった。

しばらくして、ふいに音が止んだ。

頭のしずくを乱暴な手つきで拭いながら浴室から出た梓は、びしょ濡れの身体にバスローブだけひっかけて、再びキッチンへ向かった。思えば朝からなにも食べていない。食欲はなかった。

明日からまた出勤だ。緊急のオペが入るかも知れない。疲れだけでもとっておかないと。

梓は洗面所でドライヤーを吹かせた。ふと、かき上げたその手を止めた。白髪が二、三本生えていた。なんだか薫が歳をとることに怯えを感じるのが少し分かるような気がした。

時計が十一時を打った。寝室の明かりをつけたとき思わず息を呑んだ。

――このベッド、こんなに広かったっけ。

仕事柄、互いにひとりで寝ることはある。そのときは気にも留めなかったが、改めて見ると、部屋の三分の二を支配しているダブルベッドはやはり広い。

ガクランを着ていた十七歳のあの日、この部屋に運ばれてきて以来、薫とこのベッドで寝るようになった。幼児の頃からひとつの布団に寝かされていたので、二人一緒でも違和感はなかった。じゃれあって寝ることもしばしばだった。思春期だった二人は、いつしか、どちらからともなく大人になりつつある身体を意識し合っており、ごく自然に相手の肌に触れるようになった。そして、ついに身体を合わせてしまった。兄弟でこんなことしてはだめだと頭では分かっていても、回数が増えるにつれ、抱くにしろ抱かれるにしろ、薫の巧みさに惹き込まれて、気がつけば女性に興味がなくなるほど薫を求めていた。むろん両親はこのことを知らない。望まれずに生まれた双子に必要以上に関心を持たなかったのだ。

年頃になり、周りが騒がしくなっても、今の時代、生涯独身を通している人はたくさんいるのだから、と相手にしなかった。仕事に励み、薫との愛を楽しんだ。

なのに――

ベッドの上に薫の脱ぎっぱなしのパジャマが無造作に置いてある。

――これから薫が戻ってくるまで僕ひとりか。

パジャマが涙で揺れた。梓は、パジャマをギュッと抱きしめると、電気を消し、ベッドに潜り込むと声を殺して泣き出した。

――ビールが飲みたい。

薫は保護室に入れられていた。鉄の扉に顔を押し付け泣きわめいていた茂野薫は、ひと息つくと涙を拭いながら振り向き部屋を見渡した。天井に街燈と同じぐらいの明るさの電灯がついていて、室内を薄暗く映し出していた。囲いのついた便器、その隣に洗面台。天井近くにスリガラスがはめ込まれた長方形の小さな窓。そしてベッド。六畳ほどの部屋だった。

――ビールが飲みたい。

なおも泣きじゃくりながら、血が上った頭をかきむしった。胸はドクドク鳴り咽喉がカラカラだ。

――ビールが飲みたい。

薫はよろよろと洗面台へ行くと、蛇口をひねって口を突っ込んだ。生ぬるい水が勢いよく出てくる。それをビールと思って、がぶがぶ飲んだ。でもやはり水は水、よけいに飲酒欲求が高まっていった。やがて空きっ腹に水を飲みすぎ、嘔吐してしまった。肩を上下させて息をする。苦しかった。

――なぜ俺はこんな目に遭うんだ。俺がなにをしたっていうんだ。ただビールが飲みたいだけなのに。

薫の双眼から再び涙が溢れ嗚咽を漏らした。生ぬるい水は冷えたビールのあの味をよけいに思い出させた。それは未だかつて味わったことのない、胸の奥までズキズキ痺れるような衝動であった。

梓の顔が目に浮かぶ。

――あいつが俺をここへ売ったんだ。

そう思うと不思議と怒りより悲しみの方が先に立った。

——見捨てられたのか、俺。もうビールは飲めない。チューハイもカクテルもワインも——

梓に愛想をつかされたこともこたえたが、もう酒が飲めないのかと思うと、これ以上辛いことはなかった。

咽喉がカラカラで胸が締めつけられる。苦しくて仕方ない。

——ビールが飲みたい。

薫はベッドの中にもぐってわあわあ泣き出した。まるで母親に見捨てられた子供のように。

一夜明け、小窓から漏れてくる明かりで薫は目を覚ました。部屋の様子が妙だ。意識がはっきりするに従って、昨日のことを思い出した。夢であるよう願ったが、それも空しく、保護室のベッドに寝転んでいる自分を自覚した。

——ビールが飲みたい。

ベッドから出ると、イライラしながら部屋を歩き回った。

——ビールが飲みたい。

無理だと分かっていても、ドアを叩かずにはいられなかった。

「一本だけでもいい。ビールを飲ませてくれ。頼むから。頼むから」

答えは返ってこない。

「ちくしょう」

薫はドアを蹴飛ばし、頭を抱えた。

――ビールが飲みたくて気が狂いそうだ。

昨日飲んだビールの咽喉ごしを思い出すと、それだけで飲酒欲求が身体中を駆け巡り、胸は高鳴り咽喉が渇いた。そして無性にイライラするのだった。

なんとかして欲求を薄らげようと、またあの生ぬるい水をがぶ飲みした。が、胸が悪くなって、またゲーゲー吐いた。昨日と同じだ。せめてこの水が冷水だったらと思うと悔しかった。

ふと、明日誕生日だということに気づいた。こんな所で四十を迎えるのかと思ったら、総毛だった。自然と熱い涙が溢れてくる。

「嫌だ。嫌だよぉ。出してくれ。ここから出してくれ」

薫は激しく頭をかきむしった。そして抜けた毛を見たとたん、うわぁっ、と悲痛な悲鳴を上げた。白髪が以前にも増してあったからだ。

薫はまるで死期を悟った動物のように、ベッドに仰向けになると、泣き出した。

と、そのとき、鍵を開ける音がした。そしてドア越しに、看護師の村井の声がかかった。

「茂野さん、昼食を摂りましたか。朝食も食べてないでしょう」

今まで気づかなかったが、部屋の床に引き出し盆があり、そこに食事が乗っていた。

水を嘔吐したばかりの胃は、まだ食物を受け入れる準備はできていなかった。

「もう少し待ってください。今、食欲がないもので」

「じゃぁ先に診察しましょうか。検査もあることですし」

――この独房のような部屋から出られる。

いや、ひょっとしたら万分の一でも家に帰れる可能性があるかも知れない。ビールが飲める！

薫は胸をドキドキさせながら、おとなしく村井と相沢看護師に連れられて診察室へと向かった。

診察室に入ると、唐沢医師がにこやかな顔で、

「朝食も昼食も食べずにいらっしゃったとか」

「はい。……先生ッ」

薫はその高いプライドを脱ぎ捨てて、唐沢医師にしがみつき、

「俺、明日で四十なのです。こんなところで誕生日を迎えるのはあまりにも酷です。お願いです、家に帰してください。この通りです」

額を床にこすりつけて土下座する薫に、唐沢医師は、カルテを見、

「確かに明日がお誕生日ですね。心配しなくても誕生日は毎年きますよ」

「弟と温泉に行く予定なのです。旅館で、買ってきたケーキとシャンパンでお祝いをして」

「つまり、あなたはシャンパンが飲みたいのですね。旅館といえば部屋ごとにビールの入った冷蔵庫もありますしねぇ」

この言葉が、一瞬の険悪な沈黙を誘った。

「……」

「あなたはご自分の立場がお分かりじゃないようだ。もしここが刑務所なら、そんなわがまま言えませんよ」

「なぜ刑務所が……」

「弟さんから聞きましたよ。何度もビールを万引きしていたらしいと。万引きは立派な犯罪です。刑務所に入れられても文句は言えないんですよ」

「ビールもシャンパンも飲みません。だからお願いです。家に帰してください」

唐沢医師はゆっくり首を横に振ると、ニッと笑った。

それが見下すように見えたのと、酒が飲めない苛立ちから、薫はカッとなった。そして村井や相沢が止める間もなく目にも留まらぬ速さで、

「この、分からずやッ」

と、唐沢医師を力まかせに殴り飛ばした。

唐沢医師は派手な音を立ててイスごと床に叩きつけられた。机の上の物がばらまかれた。唐沢医師は鼻や口からおびただしく血を流した。村井が慌てて唐沢医師を助け起こす。

——チャンスだ。

診察室から逃げようとする薫の前に相沢が立ちはだかった。薫はとっさに床に落ちた鋭利なハサミを取ると、迫ってくる彼を無我夢中で刺した。

「ぐっ」

相沢がうめいて片膝をつく。

「相沢君ッ」

唐沢医師の叫びと、腹部を血でにじませて崩れ落ちる相沢に、薫は我に返った。血に濡れたハサミが床に滑り落ちる。放心状態の彼を村井が押さえつけた。

ティッシュで鼻と口を押さえながら唐沢医師は受話器を取ると、

「ああ、唐沢です。相沢看護師が刺されました。至急救急車を呼んでください。ええ、わたし自身も暴行を受けました。今すぐ警察に通報してください」

次の瞬間、薫はハッと顔を上げて唐沢医師を見た。頭に上っていた血が一気に引いた。自分は取り返しのつかないことをしてしまったのだ。

——手錠をかけられる側になるというのか。

絶望感が津波のように押し寄せてきた。

唐沢医師は歯を二本と鼻を折ったうえ、転倒したときにイスと床の間に右足を挟み、骨にヒビが入った。そして相沢看護師は幸いにも出血の割に傷が浅く、命に別状はなかった。


茂野梓はキッチンに立って、陽気に鼻歌を歌いながら料理を作っていた。今日はこの世に出て四十年になる記念すべき日だった。

「さぁ、できたぞ」

そう言うと、皿にスパゲティを盛り付け、テーブルに並べた。

「薫、おまえの大好物の明太子スパゲティとカキフライ、ミモザサラダだよ。それから」

梓はケーキの箱から十六号の円形のケーキを取り出すと、

「ポポーレのバースデーケーキ。蝋燭は一本十年分で四本。だからちょっと太い蝋燭だろ」

梓は食卓にご馳走を並べ、向かいの席に座っているはずの薫に声をかけた。

「ここのケーキは美味しいらしいけど滅茶苦茶高いんだ。な、こんなご馳走食べられるのは誕生日だけなんだぜ。そう思うと誕生日なんて怖くないだろ」

梓は腰掛けると、ハッピバースデーの歌を歌いだした。薫の席に彼がいない。蝋燭の炎が涙で揺れる。それでも梓は陽気に歌った。

「ハッピィバースデー、薫。四十歳おめで……とう」

蝋燭の炎がダブって見えた、声が震えたと同時に涙が溢れ出した。

アルコールが憎い。自分から薫を奪ったアルコールが心底憎い。

母親のお腹の中から一緒だった薫。二卵性ということもあってか二人は別々の個性を発揮した。触れれば火傷しそうな激しい気性、自分の倍以上喧嘩をし、どんなに傷ついても最後には必ず勝つ薫が眩しくて、幼い頃からあこがれていた。ダブルベッドでの初めての情事……。両親が他界したあと、医者になりたいという梓の夢を叶えるため、薫は大学を退学し、学費を援助してくれた。今の自分があるのも薫がいたからだ。なのに最愛の人を救えなかった。

アルコールが憎い。そして気づいてやれなかった自分が情けない。傷害事件も万引きもすべて、アルコールの魔力のせいだ。

どれだけ泣いていたのだろう。気がつけばケーキの蝋燭が消えていた。

そのときだった。玄関のチャイムが鳴った。

涙を拭いドアを開けると三上が立っていた。抱えきれないほどの花束と、紙袋を持って。

「お誕生日おめでとう」

「三上どうして」

「邪魔していいか」

「うん。上がって」

三上はキッチンに通されると食卓を見た。

「やっぱりおまえひとりでパーティーやっていたのか」

「薫とやっていたんだよ」

三上は、すぐに梓がさっきまで泣いていたことに気づいた。彼の双眼が、今まで何度も見てきた女の泣き腫らした眼と同じだったからだ。

「せっかく来てくれたんだ、ケーキ食べていってくれよ。料理もたくさんあるから」

「これ、プレゼント」

「ありがとう。高かっただろう、この花」

三上は明るく振る舞う梓がいじらしく思えて仕方なかった。

「おい、グラスを二つ出せよ」

「ごめん、そこの戸棚から適当に出してくれる？　僕、花生けるから」

三上は戸棚からグラスを二つ出すと、紙袋からワインを取り出し、朱色のワインを注いだ。

花瓶に生けた花を近くの棚に置く梓は、

「どういう風の吹き回しだ。おまえがお祝いに来てくれるなんて」

「薫に稼がせてもらっているもんな」

梓はぎくりと顔を強張らせた。

「おまえ、またなにか企んでいるのか」

「警官、酒に溺れて懲戒免職。酒を万引きし、医師を殴り看護師を刺して刑務所送り、って書きたいところだが、薫を売るような真似はもうやめるって、約束したもんな。おまえにとって初めての男だからな俺は」

「初めての男って、どういう意味だよ」

「雑誌の抗議に来たときだったんだろ、おまえが初めて人を本気で殴ったのは。で、その相手が俺ってわけさ。違うか」

梓は思わず苦笑した。

「三上……」

「ま、それはともかく、これが薫でなく赤の他人なら格好の餌になるだろう。ま、雑誌記者は俺ひとりじゃないからな、そいつらが書いた薫の記事までは責任は負いかねるぜ」

「ああ。分かっているよ」

「じゃぁま、乾杯しようぜ。ボルドーのワインだ。結構うまいんだ。さ、梓。おめでとさん」

二人は乾杯した。ワインを飲む三上に対し、梓はじっとワインを見つめた。

せっかくの三上の厚意だ。それに見栄っ張りな三上のことだ高価なワインに違いない。

でも、これで薫はこれで狂ってしまった。これで――

次の瞬間、グラスが宙に浮いた。

ガチャーン。

派手な音をたててグラスが床に叩きつけられた。グラスは割れワインの赤い液体が飛び散った。

「梓？」

梓は髪を振りかざし、

「こんなものがあるから薫は狂ってしまったんだ。アルコールが僕から薫を奪っていったんだ」

三上は慌てて席を立ち、泣き崩れる梓をしっかり抱きしめ、背中をさすってやった。

「俺、忠告したよな、別居しろって。でもおまえは薫と生きる道を選んだ」

梓はしゃくり上げた。

「薫がどんな罰を与えられるかは分からないが、おまえはその分しっかりしろ。ここで崩れてしまったらおまえまでアルコールに負けることになるんだぞ。アルコールだけじゃない。これから向けられるであろう世間の冷たい目にも、薫の罪にもな」

「……」

「俺、薫が更生したら今までのこと記事にするつもりだ」

梓は涙で血走った目を三上に向けた。

「そんな顔すんな。中傷を書くんじゃねぇよ。ちょっとした罪滅ぼしさ。内容はアルコールですべてを失った男が立派に更生するというドキュメンタリーだ。なに、あいつのことだ。きっといい記事書かせてくれるさ。それまで待とう、な」

やがて判決が出た。

窃盗及び傷害。茂野薫は三年六ヶ月の実刑を言い渡された。


あんなになるまで、どうして気づいてやれなかったのだろう——

何度自問しても答えは出てこなかった。自分がもっと薫のことに気を配っていればこんなことにならなかったのだと思うと、血が出るほど辛かった。三年半も離れ離れなんてやりきれない。

——僕が薫を犯罪者にしてしまったんだ。

傷害事件も無理に自分が入院させたため。万引きも、あんなに飲みたがっていたのに自分がお金や通帳類を取り上げて、買わせなかったため。すべては自分のせいだ。そう思うと、茂野梓は眠れなかった。無性に悲しかった。どうせなら好きなだけ飲ませて、身体を壊してから自然にやめたほうがよかったのかも知れない。無理矢理あんなことをしたから、薫はよけい駄目になっていったのだ。薫は最低の男になってしまった。

刑務所に送られた薫は、梓が面会に行っても会うことを拒否した。きっと自分を恨んでいるのだろう。そう思うと辛かった。だが自分だけでなく、橘や三上が面会に行っても会わなかったと言う。手紙を書いてみたが、受け取り拒否で返ってきた。

薫は今、どんな気持ちでいるのだろう。

以前、三上に別居しろと言われた。酒に溺れだらしなくなる薫と別居したいと思わなかったといえば嘘になる。でも、別居なんてできないと、改めて思い知らされた。

何度拒否されても、梓は休日になると面会に行った。手紙も書いた。だが、なにひとつ報われなかった。

次第に梓から笑顔が消えていった。

心配した橘は、頻繁に夕食を我が家でと誘ったが、梓は断り続けた。

——僕は薫を失うのか？

そのことで頭が一杯になり、次第に憔悴していった。

そんなある日のことだった。六時に病院を出た梓はバス停に向かう途中、女性に声をかけられた。

「茂野先生ですね」

振り向くと、ひと目で都会の人間と分かるおしゃれなブランドもののスーツを着こなした美人が立っていた。歳は二十七、八歳、といったところだろうか、派手な化粧と大きなイアリングが病院には場違いだった。

「ええ、茂野は僕ですが」

「私、こういう者ですが」

差し出された名刺には『書林出版　串屋睦』とある。

「ちょっとお話を伺いたいのですが」

「お話しするようなことはなにもありません。失礼します」

名刺を突き返し、背を向けたときだった。

「お兄さん、お元気でしたよ」

梓はピクリとして睦を見た。彼女はというと、勝ち誇ったような笑みを浮かべている。

「どうですか。私の話、聞く気になりまして」

きれいな標準語だった。

「兄に会ったのですか」

「それはのちほどゆっくりと。さ、乗って下さい」

睦はソアラの助手席に梓を促して乗せ、自分も運転席に乗った。車内に流れるマライヤ・キャリーの音楽に合わせて、睦は鼻歌を歌った。が梓はそれどころではない。

「兄は、兄は元気でしたか。やつれてはいませんでしたか」

するとと睦はクスッと笑い、

「そうがっつかないで。夜は長いのよ」

と意味不明な言葉を発し、繁華街へと向かった。

睦はソアラをホテルレックスの地下駐車場に乗り入れた。あらかじめ部屋を取ってあったのだろう。フロントにも行かずすぐにエレベーターに乗った。薫のことが気になっていた梓は、素直に睦に従った。

部屋に入り、奥に進むとソファの向こうにダブルベッドがひとつ置いてあった。

「汗、おかきになったでしょ、先にシャワーをどうぞ。その間にルームサービス頼んでおきますから。サンドイッチでいいかしら」

「シャワーもルームサービスも結構です。それより話ってなんですか」

「私の指示に従ってもらわなければお話できません」

梓は、睦の意図を計りかねたが、とにかくジョーカーを握っているのは彼女の方だ。下手に逆らうと聞きたいことも聞けなくなってしまう。おとなしくバスルームへと向かうことにした。

睦は、バッグから粉薬を取り出すと、ルームサービスが持ってきたジュースに入れた。

——うんと傷つけばいいのよ。

睦はあの夜のことを思い出していた。

三上俊一と出会ったのは東京の出版社のパーティーでだった。ニヒルで個性の強い彼に惹かれ、自慢の身体をアピールして、その日のうちにホテルにしけ込んだ。それからというもの、三上が東京にいる日は必ず自分のマンションに泊まらせた。

先日は初めて行った三上のマンションで貪るようなセックスをして、何度も絶頂に達した。シャワーも浴びずに、ベッドでまどろんでいたとき、三上の携帯が鳴った。三上は別室に行ったが、記者魂と好奇心に駆られてそっと電話を盗み聞きした。

「なに、薫がどうしても会わないって。今か……コレクションのひとりと一緒だ。ちょっと行けそうもない。いや、そうじゃない。セックスの相手なんて星の数ほどいる……おまえら双子はかけがえのない友だからよ。いいか梓、しっかりしろ」

これを聞いた睦はパニック状態だった。

薫？　梓？　コレクションのひとり？　どういうこと？　セックスする相手が星の数ほどって。じゃぁ私は恋人じゃなくて星のひとつってこと？

ショックだった。なぜなら彼女は三上との結婚を真剣に考えていたからだ。

三上がシャワーを浴びているとき、彼のパソコンデスクの中を調べた。すると『ある双子の話』というフロッピーが出てきた。開いてみると茂野薫・梓のことが細かく書いてあった。

——薫に梓。この二人のことね。

早速コピーしようと新しいフロッピーを探しているとき、三上に見つかった。

「なにを嗅ぎまわっているんだ」

ビクリとし、慌てて振り返り、近づいてくる三上に、抱きつくと、

「ごめんなさぁい。式場のホームページにアクセスしようと思って。そろそろいいでしょ」

三上は睦を突き飛ばすと、パソコンから薫と梓のフロッピーを取り出した。今公表されると大変なことになる、特ダネ中の特ダネだ。

「やっと本性を現わしたか。なにが結婚だ。ネタ欲しさにすり寄ってきたただのメス豚じゃねぇか」

「誤解よ。本気であなたを愛しているわ」

本心からそう叫んだ。けれど、

「潮時だな」

「えっ？」

三上はパンティしか身につけていない睦を抱き上げると、マンションの扉を開け、投げ出した。

睦は服とバッグ、そしてオレンジ色のハイヒールを投げつけられた。そしてドアがピシャリと閉まると鍵をかける音がした。

惨めだった。

愛した男は自分をただ欲求のはけ口としてしか見ていなかった。ゴミのように捨てられた屈辱。復讐心が睦の全身を貫いた。幸いなことに、記憶力はいい。フロッピーにあった薫と梓の記事はあらかた記憶している。彼女は分類されていた見出しを覚えている限り順番通りに整理してみた。兄は敏腕刑事だったがアルコールに溺れ懲戒免職。窃盗、暴行等で三年六ヶ月の実刑。弟は橘医院の評判のいい外科医。週に二日名門津中央大学病院に出向している。証拠はないがこの双子は女を知らず、出来ているらしい。

これが事実なら、兄だけでなく、弟の名誉にも傷がつく。

そう思うと、頬が緩んだ。

このスキャンダラスな双子が、自分より、ううん、女より信用できるだなんて――

手っ取り早く事実を明らかにする最善の方法は、ただひとつ。本当に梓が女を知らないかどうかを確かめることだ。

梓がバスルームから出てきた。

「さ、薫のこと、教えてくれ」

「その前に私もシャワーを浴びてくるわ。あ、ルームサービスのサンドイッチとジュース、先に食べていて」

やがてシャワーの音がやみ、睦はバスローブをひっかけてバスルームから出てきた。

「あら、まだ食べていなかったの。じゃぁ一緒に食べましょ」

睦はハムサンドを取ると美味しそうに食べ始めた。梓も渋々ツナサンドに手を伸ばし、薬入りのジュースを飲んだ。そんな彼を、じっと見つめる睦はほくそえんだ。

——特製の催淫剤、どこまで効くのかしら。

「そろそろ本題に入りませんか。薫はなぜあなたと面会をしたのですか。いったい報道関係のあなたになにを言ったのです」

「三上俊一の代理と言ったら会ってくれたわ。弟をよろしくって言われちゃったのよ。本当の男にしてやってくれって」

そう言って、猫がすり寄るように睦は梓に迫った。

「初めてなんでしょ。女の身体」

甘くささやく睦は、梓のワイシャツのボタンを外し始めた。

梓は驚いて身を引いたが、それ以上抵抗できなかった。

——どうしたんだろう。薬でも飲まされたか。

睦が入れた薬が効いてきたのだろう。梓は性欲を感じていた。

睦は固まっている梓にそっと口づけをした。そしてバスロープの紐を解き、梓の手を取って、豊かな胸と胸の間に押し当てた。梓はされるに任していたが、目を閉じた瞬間、薫の顔が浮かんだ。

——僕が抱きたいのはこの人じゃない。

梓は力まかせに睦を突き飛ばした。

「きゃっ」

短い悲鳴を上げ、睦はみっともなく床に転げ落ちた。そのときバスロープがはだけて前があらわになった。梓は、初めて見る患者以外の女の身体に吐き気を催した。

「そんなご用件なら失礼します」

「やっぱりお兄さんの方がいい。そう解釈してもいいわね、茂野先生」

「好きでもない女性との行為なんて、僕はそんな男じゃありませんので」

と吐き捨てるように言うと、梓はカバンをひったくって、部屋から駆け出していった。

催淫剤を飲ませたにもかかわらず、みっともなく拒否された。なんということだ。あの三上でさえ、出会ったその夜に手玉に取ったというのに。

「よくも……よくも恥をかかせてくれたわね」

豊満な肉体で男をひれ伏させてきた睦のプライドは粉々に砕け散った。しかしこれで、梓が女を知らないのだということが分かった。

——やはり、お兄さんと出来ているのよ。

「茂野先生、この借りはきっちり返させてもらうわよ。傷つきなさい。どん底まで堕ちるといいわ。そう、今までわたしを傷つけて無傷でいた者はいないのだから。三上俊一、見てなさい」

ホテルを飛び出した梓は、タクシーを拾い、自宅へ帰った。まだが性欲が体内にくすぶっている。

薫の身体が思い浮かぶ。

薫とセックスしたい――

でもその肝心の薫がいない。寂しかった。温かく包んでくれる、あの身体が恋しくてたまらない。そのときだった。ふと串屋睦が自分に会いきた真の目的が気になった。

――三上の使いだとか言っていたっけ。だが薫に会ったというのは嘘だろう。でも僕を誘惑してどうするつもりだったのだろう。三上なら分かるかな。

梓はベッドから起きると受話器を取り、三上の携帯を鳴らした。

「罠だよ。というか俺へのあてつけだな」

「どういうことだよ」

「串屋睦だろ。おまえが電話してきたときに俺のマンションにいた女だ。俺がシャワー浴びている隙に、勝手にパソコンをいじってやがったんで、裸のまま放り出した。おまえらの資料を見ていたんだ。俺に報復するためにおまえらの記事を書くかも知れん」

「なんでおまえへの報復に僕達が関係あるんだよ」

「あのときの電話盗み聞きしてたんだ。『おまえら双子はかけがえのない友だから』と言ったのを耳にしたんだろう。それでおまえらのことを調べたんだ。あいつに見られたフロッピーにはおまえらの関係についてのレポートや、例の週刊誌の記事も残してあったし、今回のことを日記風に書いた文章が入ってたんだ。ほら、言ったろ、薫が更生したらドキュメンタリーとして記事にするって」

梓は足元が崩れていくような錯覚を覚えた。

「あいつがおまえを誘ったのも、その裏づけがほしかったのだろう。おまえと薫のこと、早い話おまえに女が抱けるかどうか知りたかったのかもな」

「そんな、たとえ僕に女が抱けたとしても、見ず知らずの、好きでもない初対面の女とそんなこと」

「おまえ、薫しか見ていないからな、その点に関しては結構世間知らずだもんな。風俗にも行ったことないんだろ。だからそんなことが言えるんだよ。ところで写真撮られなかったか」

「分からない」

「なにを書くつもりかは知らないが、あの女はそうとうのタマだ。女性週刊誌担当記者だから女の飛びつきそうな、えげつないことも書くだろう。俺が薫をダシにして書いた記事よりもな。だが俺にまかせろ。あんな三流出版社の記事など捻り潰してやる。俺がおまえらを巻き込んじまったんだからな。責任は取るぜ。本当にすまん」

三上の言葉は力強いものだったが、その週の週刊女性シリアスの表紙には次のような見出しが躍った。

『私とのセックスを拒んだ男――彼は実の兄と同性愛だった』

しかもいつ撮られたのか、津中央大学病院を出る梓の写真が載っていた。顔にはモザイクがかかっていなかった。間違いなく串屋睦の記事だ。

『兄は元刑事でただいま服役中。弟はM県の人望厚き外科医』

その夜、三上が週刊女性シリアスを手に梓の家へやってきた。

「そっか、載っちゃったんだ」

梓は、三上に記事を見せられ、寂しそうに微笑んだ。

「それで今日、病院の売店のおばちゃんの態度がおかしかったんだ」

「おまえ、事の重大さが分かっているのか」

「もういいよ。覚悟はしていたから。今日帰るとき、橘君に『明日、大学の教授が面会に来る』って言われた。『信じないからね、あんな記事』とも言われた。おまえに見せられるまでその記事のことを知らなかったからなにを言っているのかよく分からなかったけど……」

「今日発売だから知らない奴も多いんじゃないか。明日からが正念場だ。俺、この記事をなんとかしようと思って原稿を書いたが、没にされたよ。『面白みと説得力に欠ける。読者を煽って他誌の売り上げを伸ばす気か』ってな。あんなでかい口叩いておいて本当にすまん」

「いいんだよ。もう。ありがとう。ただ」

「ただ？」

「なんだかんだ言っても、僕も自分が可愛かったのかなって」

「どういう意味だ」

「橘君とおまえだけなんだ。薫が刑務所に入っていることを知っているのは。他には誰にも言っていない。怖かったんだ、自分の今の生活をこれ以上壊されるのが。薫が……あいつがいないだけでも気が狂うほど寂しいのに、これ以上なにかを失ったら、僕は……僕は」

胸がキリキリ痛い。テーブルの上に熱い涙がポタポタ落ちた。

「だが薫が暴力をふるったのは医者と看護師だろう。医療関係者の間では話題になってるんじゃゃないのか。もう橋の親父や大学病院の人間の耳にも入っているんじゃぁ」

「その病院、特別なんだよ。なんといっても対象がアルコール中毒患者だろ。社会復帰のこともあるからこういうことの公表は極力避けてるんだ。裁判でだって内密にされるから」

涙声になったかと思うと、梓は声を殺して泣き始めた。

「ごめん。今日はもう帰ってくれないか。疲れたよ」

そうつぶやくように言うと、梓は三上をその場に残したまま席を立ち寝室のベッドに身体を投げ出した。そして大声で泣き出した。魂を引き裂く、梓の心の悲鳴が聞こえてくる。

やるせなさを感じて、三上は黙って去っていった。


翌日——

ゴミの日だった。ゴミ置き場へ行くと近所の主婦達と出くわした。

「おはようございます」

梓には目もくれず主婦達はそそくさとその場を去っていった。こんな言葉を残して。

「お兄さん、刑務所ですって」

「週刊誌読みました？　恥さらしだわ」

「実のお兄さんと、ですって」

他の住民もやってきた。いつもは愛想のいい彼らの表情が険しかった。彼らは梓の前に来ると、

「茂野さん。聞きましたよ、お兄さんのこととかあなた方のこと。あなた方にいられては迷惑です。

お引越しなさってください」

もうなにを言っても無駄だと思った梓は一礼すると、

「貴重なご意見ありがとうございました」

と言ってきびすを返した。

「意見じゃないんですよ、要望です」

梓は足を止め、

「残念ですがお受けできません。失礼します」

と言うと歩き出した。

「逃げるのか、おい」

「そうだ、出てけ変態ッ」

これが世間の目というものか。彼らの言葉が梓の胸に突き刺さった。

病院でも同じだった。

「よく出勤できたものね」

「あの穏やかな顔にだまされたのよ」

「俺の裸、念入りに診てくれたけど、先生にとって俺の身体は目の保養だったのかもな」

記事を読んだのであろう患者や職員達はあからさまに梓を中傷した。梓の信用は失墜した。

その日、梓は、院長室へ呼び出された。院長、副院長、そして津中央大学病院の池田名誉教授も同席し、梓を取り囲んだ。机には週刊女性シリアスが置いてあり、問題のページが開かれていた。

副院長である橘は、

「この雑誌の記事、服役中の兄は薫君。その双子の弟の外科医って、これ梓君、君だよね」

「恐らくそうだと思います」

「君達がその……肉体関係を持っているなんて。そりゃぁ昔から仲がよかったけど」

「本当です」

きっぱり言い切ったものの、梓はこれでなにもかも終わりだと思い目を閉じ、唇を噛んだ。

しばしの沈黙の後、

「茂野君。君には失望したよ」

池田教授の言葉に、梓は思わず顔を上げた。

「君を手放したくないという気持ちは今も変わらない。だがこの雑誌、明らかにうちの病院だと分かる。この記事を書いた女性記者がインタビューを申し込んできた。『兄と肉体関係を持っている彼をどう思うか?』ってね。すまないが今後のことは当面白紙にさせてもらうよ」

「……」

するとこ今度は橘院長が、

「うちにもダメージがある。幾人もの命を助けてきた君が、なぜお兄さんのアルコール中毒を見抜けなかったのか。そんな医師にこれからも患者を診察させるのかという職員の声もある。君が同性愛者というのはまぁ大目に見ても、その相手がねぇ」

「……」

「……ほとぼりが冷めるまで、休暇を取ってもらえないかな」

――失った。

一番恐れていたことが現実になってしまった。覚悟はしていたが。ここまできてしまってはきっちり責任を取らなければいけない。

梓は内ポケットから辞表を出すと、テーブルの上に置いた。

「梓君、これは」

「長い間お世話になりました。本日をもって退職いたします」

他の三人は驚いたように梓を見た。

いつもは声を荒げない橘院長も、

「な、なにを馬鹿なことを。茂野君、そういう意味で言っているんじゃぁないのだよ。君に辞められたら」

「そうだよ梓君。なにも」

「兄が刑務所にいるのは事実です。僕と兄の関係も否定しません。池田教授や橘医院にご迷惑をかけたことも事実です。すべてが事実なのです。これは僕の中のけじめです。どうかお許しください」

帰宅しようとした橘医院の薬剤師、大田祐子は忘れ物をしたことに気づき薬局へ戻った。

――あらっ、電気は消したはずなのに。

そっとドアを開けて中を窺うと、そこに梓がいた。

――茂野先生、なにをしているのだろう。

梓が振り向いたので、彼女は慌ててドアから離れ、そのまま廊下を静かに走り去った。妙な胸騒ぎがした。薬品を持ち出そうとしていたのかも知れない。だったら大変だ。祐子は息をひとつ呑み、橘に報告しようと副院長室へ駆けて行った。

その頃――

「待ってくれよ、梓君」

バス停へと向かう梓を橘が追いかけてきた。

「本当に辞める気なのか?」

梓は穏やかな顔でうなずいた。

「認めない。わたしは認めないからね」

「僕は病院の名誉を傷つけたんだ。当然の罰だよ」

「辞表は保留しておく。頭冷やしてからまた出勤してくれ。いいね」

梓は答えず、無言のまま橘に一礼した。


「ただいま、薫」

弾んだ声で玄関を開ける梓は、心身ともポロポロだった。

郵便受けの中を見てみると、先日出した薫への手紙が受け取り拒否で戻ってきていた。それを見たとたん、梓の双の瞳が激しく揺れ、大粒の涙が点々と封筒の上に落ちた。

「なぜ……なぜ読んでくれないんだ。それほど僕が憎いのか？」

それでも梓は冷静になろうと涙を腕で拭い、重い身体を引きずってフラフラとキッチンへ向かった。今日はなにも食べていない。

薫に絶縁されたのかと思うと胸が張り裂けそうだった。張り詰めていた神経が脆く崩れ、梓は搾り出すように悲痛な嗚咽を漏らした。

薫がアルコールに溺れたきっかけが三上の記事だったことは聞いている。きっと、そうでもしなければやりきれなかったのかも知れない。今、自分も週刊誌によって人生を狂わされ、薫の気持ちが少し分かったような気がした。

しばらく激しく泣いていた彼は、やがて泣き止むと、まるで夢でも見ているような目をして、穏やかに微笑んだ。

「なんだか、疲れちゃったね。寝ようか」

梓は、コップに水を入れ、寝室へ持っていった。パジャマに着替えると、薬局から持ち出した睡眠薬を一錠ずつ飲んだ。幸せだった頃を思い出しながら。

「母さんが言っていたよね。僕達、おむつが取れるの早かったって。覚えているかな、薫」

そして薫のパジャマを抱きしめると、ベッドの中へ入った。

梓はくすくす笑うと、

「ぐっすり寝よう。今度目が覚めたとき、また双子で生まれようね」

最愛の兄に拒絶され、医師生命も絶たれた。もはや梓は生きる気力を失っていた。眠るように死にたかった。

梓の閉じた目から大粒の涙が流れて布団に伝った。

「なんだって、それは本当か」

「はい、茂野先生が薬局に。すぐ副院長に報告に行ったのですが部屋におられなくて。それでいったん病院を出たのですがどうしても気になって、それでお電話したのです」

「分かった。今すぐ茂野君のところへ行ってみるよ」

——自殺するつもりじゃぁ。

橘は車に飛び乗ったが、帰宅ラッシュで車がまったく動かない。祐子とのやりとりから既に五十分ほど経過していた。

それはちょうど梓が睡眠薬を多量に飲んで眠りについた頃だった。

やっとの思いで渋滞から解放された橘は、スピード違反覚悟で自動車を飛ばした。

梓の家の前へ車を乗りつけると、玄関へと走った。駄目だ、鍵が閉まっている。何度もチャイムを鳴らしたが、物音ひとつしなかった。

——遅かったか——

橘は唇を噛んだ。ふと以前、梓が薫に『裏口の鍵はサボテンの鉢の下に置いたから』と言っていたのを思い出した。彼は大急ぎで裏口に回った。サボテンの鉢を動かしてみると、幸いなことに鍵があった。橘は鍵を開けた。

「梓君、梓君」

名前を呼びながら部屋という部屋の電気をつけて回った。最後に寝室にたどり着き電気をつけた彼は、息を呑んだ。

ベッドの下に空の小瓶が転がっている。手に取って見るとかなりきつい睡眠薬だった。

――やっぱり自殺する気で。

ベッドの中の梓は昏々と眠っていた。梓の名前を呼びながら彼の頬を叩いたがぴくりともしない。脈が遅く息も弱い。

――ちくしょう、死なせてたまるかッ。

橘は大急ぎで救急車を呼んだ。

梓は眠り続けていた。穏やかな顔をして――


それから三年六ヶ月後――

木枯らしが吹く寒い日だった。空は灰色の雲に覆われ、今にも雪が降り出しそうだ。

バッグひとつぶら下げて、茂野薫が刑務所から出所してきた。刑務所に入る前より幾分やつれていた。顔つきも険しくなっている。

梓は迎えに来るのだろうか。淡い期待をこめて周囲を見回したが、彼の姿はどこにもなかった。

「冷たくあしらったからな。見捨てられたかな」

今さら家には帰れない。

——自分にはもう帰る場所がないんだ。

そう思うと悲しかった。だが自分でまいた種なのだから仕方がない。

そのときだった。後方でクラクションが鳴った。振り向くと、見覚えのあるアウディだった。窓が開き、サングラスをかけた三上が顔を出した。

「乗れよ、薫」

薫は黙って助手席に乗った。

「おつとめご苦労さん」

「あ、ああ」

三上は梓に頼まれて来てくれたのだろうか？　家とは逆の方向に車を走らせる三上を不審に思い、また梓がなにを考えているのか知りたくて、薫は重い口を開いた。

「梓は、元気か？」

ぎこちなく問う薫に、

「気になるなら、なんで一度も会ってやらなかったんだ。手紙もみんな突き返して」

「戒めのつもりだったんだ。あいつには散々迷惑かけたからさ。ちゃんと更生するまで甘えないでおこうと思って。それに、あいつだって二ヶ月もたたないうちにぴたりと来なくなった。俺に愛想つかしたのだろ。許してもらえるかどうか分からないが、立ち直った俺を見てほしいよ」

「ってことは反省しているんだ。もう酒はいいのか」

「ああ」

禁断症状に苦しんだあの頃。余りの凄まじさに顔は強張り激しい動悸に胸が潰れそうだった。手は震え字も書けない。まさに地獄だった。この苦しみから逃れたい。死にたいと何度思ったか。ベッドに両手両足をくくりつけられ、猿ぐつわを噛まされた。お酒が飲みたくて飲みたくて何度も懇願した。あの苦しみ。もう二度とあんな思いはしたくない。

「最初は精神病院に入れられた。アルコールの禁断症状を抜くためさ。苦しんだ。死んだ方がマシだと本気で思ったよ。でも体内からアルコールが抜けると身体が軽くなって。で、刑務所に送られた。そこで断酒会に入ったんだ。同じようにアルコールで罪を犯した受刑者はいたんだ。その人達と語り合ってね。で、いかに自分が愚かだったか、梓を傷つけていたのか、よく分かったよ」

「そうか」

「これからあいつに償いをしなきゃぁな。ところでどこへ行くんだ」

「まぁ黙って乗っていろ。梓が待っている」

薫は胸がバクバクしていた。いったいどんな顔をして会えばいいんだろう。会いたいと思う反面、会うのが怖かった。

「後ろのシートの週刊誌、おまえが刑務所に入ってから間もなく発刊されたものだ。読んどけ」

それは、梓を苦しめた週刊女性シリアスだった。

赤裸々に書かれている記事に、薫はカァッとし、唇を噛んだ。

「なんだッ、この記事は」

「俺が捨てた女の報復さ。梓の奴、信用ガタ落ちでな。橘医院を辞めたよ。もちろん津中央大学病院もな」

「そんな。なぜ助けてやらなかったんだよ」

「なに言ってるんだ。辛い思いをしていたときに一番そばにいて欲しかったのはおまえだったんだぞ。なのにおまえは手紙すら受け取らなかった」

「仕方ないだろ、知らなかったんだから」

「仕方ない、か。俺、おまえがアルコール中毒のどん底にいたとき、梓に言ったんだ、別居しろって。共倒れになるぞって。だがあいつは俺の忠告を聞かなかった。あいつは本当におまえが必要だったんだ。好きだったんだ。その証拠を見せてやるよ。ほら、着いた」

三上の自動車は【鶴亀園】という施設の中に滑り込んだ。

長い廊下は看護師に手を引かれて歩く患者や、車椅子の患者でいっぱいだった。

「梓はこんな施設で働いているのか？　外科医なのにどうして」

「ああ、あ、その部屋だ」

薫は、三上に腕を引っ張られてズカズカと部屋に入った。そこは、白で統一された清潔そうな部屋だった。次の瞬間、薫は思わず立ちすくんだ。彼の双眼が窓際にあるベッドに横たわっている梓をとらえている。その脇のイスには橘が座っていて、薫を見ると腰を上げた。

「薫君。待っていたんだよ」

薫の目は橘に向いていない。ひと目見て正気でない梓の姿に、ただ彼を凝視するだけだった。頭の中は真っ白になり、心臓の鼓動が全身を駆け巡った。

薫はひと息呑むと、

「あ、梓、どうしたんだ」

と、言うのがやっとだった。

「三年半前、自殺未遂って、どういうことだよ」

「自殺未遂って、自殺未遂したんだ」

橘は語った。週刊誌のこと、梓が医師生命を失ったこと、周囲との確執。そしてなにより、

「君という心のよりどころを失ったのが最大の原因だよ。手紙も受け取らなかったらしいね。憎まれているって思ったんじゃないか」

「そんな。俺はそんなつもりで会わなかったんじゃぁ」

「梓君、相当ショック受けていた。すべてに疲れたんだろう。副作用の強い睡眠薬を多量に飲んで……わたしが駆けつけたときには死にかけていた。なんとか一命は取り留めたんだが、脳に障害が残って」

自分の戒めが梓をこんなに傷つけていた。そしてこんな身体にしたなんて夢にも思わなかった。

薫は血が滲むほど唇を噛みしめた。

最悪だ。最悪だ。胸がキリキリしめつけられる。身体中に痛みが走る。改めてアルコールに溺れていた自分を憎んだ。

薫は唇を震わせながらそっと梓の顔を覗き込んだ。

「梓ー」

眠っていた梓がゆっくり目を開けた。焦点の定まらない瞳でぼんやりしている。

本当にこれが梓なのだろうか。梓とのことが走馬灯のように薫の頭を駆け巡る。これがあの名医と言われた梓？　アルコールに溺れる自分に毅然とした態度をとった梓？

全身の力が抜けていく。薫は膝をついた。

「うそ、だろ」

とポツリと言うと、遣り場のない苦しみと悲しみが湧き上がり、なにも考えられず、ただ視線だけが梓から離れず、次第に全身が小刻みに震えだした。

梓の手を握ろうと布団を少しめくると彼はなにか握っていた。それはなんと、薫のパジャマだった。いぶかしげな顔をする薫に橘が、

「それ、自殺するとき抱きしめていたんだよ。よっぽど君が恋しかったのだろう。どうしても離さない」

薫は自分の罪の重さを身に染みて感じた。

——俺は、俺だけでなく梓の人生も追い詰め、狂わせたのだ。

梓の瞳が薫を捕らえた。

「かお、る」

「ん、なんだ」

「どこ」

「ここ。ここにいるよ」

薫は梓のベッドに横たわって添い寝し、ぎゅっと抱きしめた。

「ごめん。ごめんな。もう一生離れない。ずっとおまえのそばにいる。だから許してくれ、梓」

「かお、るの匂いがする。薫だね」

「そうだ。帰ってきたよ、おまえのところに」

梓は薫の胸に顔を埋めた。

トクン、トクン、トクン。生まれる前から聞いていた、薫の鼓動。梓は安心したように、

「ああ、ほっとする」

と、つぶやくと、また眠りについた。

薫はこんなしっぺ返しを食らうなんて思ってもみなかった。梓を苦しめここまで追い込んだことがなにより一番悔やまれた。もう泣くことはないと思って出所してきたが、梓の姿を見て、初めて心から悔い、泣きながら力の限り彼を抱きしめた。

そんな二人を部屋に残し、三上と橘はそっと出て行った。薫と梓は、まるで幼子に戻ったように、ひとつのベッドで抱きしめ合って眠った。


家を売り、薫は梓の近くに安いアパートを借り、就職先を探すことにした。橘にこれまで支払い続けてくれた梓の治療費や入居費を返そうとしたが、彼はガンとして受け取ることを拒否した。梓がこうなった原因と責任は自分にもあるのだと。その償いだと彼は言った。

思い出がぎっしり詰まったダブルベッドは、二人がまた一緒に住めるようになるまで橋が預かることになった。

茂野薫はアルコールに溺れたおかげで、いろんなものを失った。だが一番大切なものがひとつだけ残った。

――俺はもう四十半ばになろうとしている。

恐くないと言えば嘘になる。だが獄中で過ごすうちに決めたんだ。一日一日を大切に生きるって。俺の未来は俺が作るものだし、梓をいたわってやれるのは俺だけだ。梓と共に穏やかに歳を重ねていこう。梓が行きたがっていた白骨温泉、今度の誕生日に連れてってやろう。俺の力で。


「梓に言ったんだ。共倒れになるから別居しろって。その通りになっちまったじゃないか」

そんな三上俊一の言葉に、茂野薫はなんと晴れやかな顔を向けた。

「共倒れ？　冗談言うな。俺、割のいい仕事見つけて働くよ。そして梓の面倒を見る。そりゃぁ、一度には無理だろうが、少しずつ回復させてやるさ。アルコールにも振り回されない。今まで以上に梓を幸せにしてやる。生きているんだものな。生きている限り、どんな人生を送ろうとも、これからは恥じることのない生き方をするよ」

お酒でつまずいた兄。

孤独に耐えられず自殺しようとした弟。

三上は思った。この双子を見守ってとびっきりのドキュメンタリーを書いてやる。それが二人へのせめてもの償いだと。

「さてと、お手並み拝見といこうか、お二人さん」

その日、春一番が吹いた。凍てついた双子の冬がもうすぐ終わる——

河村朋子（かわむら　ともこ）

1965年、三重県に生まれる。

松阪大学短期大学部家政科食物栄養専攻（現三重中京大学短期大学部食物栄養学科）を卒業した後、松阪農林事務所に勤務。退職後、執筆に専念。小説、エッセイなど幅広いジャンルを手懸ける。

東洋出版では他に『人と鬼と』（2002年）を出版。

魔《ま》の水《みず》

二〇〇八年一一月七日　第一刷発行
定価はカバーに表示してあります

著　者　河村《かわむら》朋子《ともこ》
発行者　平谷茂政
発行所　東洋出版株式会社
東京都文京区関口1-44-4, 112-0014
電話（営業部）03-5261-1004（編集部）03-5261-1063
振替　00110-2-175030
http://www.toyo-shuppan.com/
印刷所　モリモト印刷株式会社
製本所　岩渕紙工所

ISBN 978-4-8096-7586-7